JN094546

ウィリアム・フォークナーの日本訪問

冷戦と文学のポリティクス

［編著］
相田洋明

［著］
梅垣昌子
山本裕子
山根亮一
森有礼
越智博美
松原陽子
金澤哲

松籟社

【目次】ウィリアム・フォークナーの日本訪問——冷戦と文学のポリティクス

はじめに　（相田洋明）　9

第一部　フォークナー訪日の実際

第一章　日本におけるフォークナーの足跡と『長野でのフォークナー』　（相田洋明）……… *17*

一．はじめに　17
二．日本におけるフォークナーの足跡　19
三．『長野でのフォークナー』　25
四．まとめ　31

第二章　フォークナー訪日と高見順――届かなかった手紙　（梅垣昌子）……………… *39*

一．「アメリカ現代文学の巨匠」の来訪　39
二．高見順とフォークナーの「私的な因縁」　43
三．高見順からフォークナーへの手紙　45

目次

四．フォークナー来日の年の『世界』にみる日本の言論　51
五．高見順とフォークナーの対談　55
六．フォークナーと高見順の「文学遺伝子」　60

第三章　映画になったフォークナー――『日本の印象』とＵＳＩＳ（山本裕子）…………69
一．映画の遠景――アイゼンハワー政権と心理戦　71
二．映画の中景――原子力平和利用運動と文化外交　74
三．映画の近影――映画部とフォークナー　81

第四章　その広大な紙面にて――ウィリアム・フォークナーと文化冷戦の言語アリーナ（山根亮一）…………97
一．あまりにも適切な関係式　97
二．冷戦ドラマのアメリカ南部例外主義　102
三．出版物上の遭遇　107
四．「鷹匠」の転回　114

第二部　フォークナー訪日と同時代の日本文化

第五章　太平洋戦争の記憶、『ゴジラ』、そしてフォークナー訪日の意義　（森有礼）……… ***121***

一．文化使節フォークナー訪日時の日本　121
二．文化外交戦術としての『日本の印象』と「日本の若者たちへ」　123
三．『ゴジラ』における敗戦のトラウマと「国民的憂鬱症（メランコリア）」　129
四．「文化療法（カルチュラル・セラピー）」としてのフォークナーのレトリック　137

第六章　フォークナー来日と日本におけるアメリカ文学の制度化　（越智博美）……… ***143***

一．はじめに　143
二．冷戦期アメリカ文学研究の生成——何を読むべきか、いかに読むべきか　144
三．アメリカ文学会設立に向けて——読むべきものの配備　151
四．南部・敗北・日本　155
五．まとめ　161

第三部　訪日とフォークナー文学

第七章　冷戦戦士のもう一つの顔――『寓話』と『館』にみる南部的想像力（松原陽子）…………171

一．はじめに――「兵士」志願から冷戦「戦士」へ――　171
二．『寓話』――「個人」への懐疑　175
三．『館』――「個人」の再想像　182
四．おわりに　188

第八章　教育の可能性――長野セミナーと『町』（金澤哲）………………193

一．方法と主旨　193
二．『墓地への侵入者』　196
三．冷戦小説としての『町』　200
四．『町』における教育のテーマ　209
五．『町』の楽観性　211

あとがき（相田洋明）　219
索引　229
編著者・著者紹介　233

ウィリアム・フォークナーの日本訪問——冷戦と文学のポリティクス

はじめに

相田　洋明

二〇世紀アメリカ文学を代表する作家ウィリアム・フォークナーは、一九五五年（昭和三〇年）八月一日から二三日まで米国国務省人物交流プログラムにより訪日した。五日から一五日までの長野における「アメリカ文学セミナー」への参加を中心に、東京と京都でも日本の作家・文化人、英米文学研究者、ジャーナリスト、一般市民と対談・インタビューなどを通して交流した。また、USIS（米国大使館文化交換局）によって日本でのフォークナーを描いたドキュメンタリー映画*Impressions of Japan*（『日本の印象』）が撮影され、翌一九五六年にはフォークナーの日本での対談・インタビューを収録した*Faulkner at Nagano*（『長野でのフォークナー』）が研究社から出版された。

本論集は、このウィリアム・フォークナーの日本訪問を敗戦後一〇年、講和後三年の日本文化の状況のなかに位置づけ、フォークナー訪日が戦後日本に与えた影響をはかるとともに、この訪問が作家の晩年のキャリアにおいてどのような意味をもちえたのかを探るものである。

ウィリアム・フォークナーは一九四九年度（ただし実際の授与決定と授賞式は一九五〇年）のノーベル文学賞を受賞し、世界的な名声を確立した。折からの冷戦の激化に伴い、軍事面だけではなく文化面での攻勢も必須であると判断したアメリカ政府は、フォークナーの名声を外交面で活用することを発案し、作家自身もそれに応じた。最初の仕事の場は一九五四年八月のブラジルでの国際作家会議であった。過度の飲酒による失敗はあったが、メディアや聴衆の反応はおおむね好意的であり、ブラジルにフォークナーを派遣したアメリカ国務省もフォークナー自身も一定の手ごたえを感じたようである。そして、翌一九五五年八月、今度はアメリカから遠く離れた、前の大戦の敵国であった日本を訪問することになった。

フォークナーの訪日は、このように冷戦期アメリカの文化外交の一環であり、親米的な文化を西側諸国の一員たるべき日本に根付かせることが目的であった。フォークナーが訪日中に書いて発表したエッセイ“To the Youth of Japan”（「日本の若者たちへ」）は、戦後日本を南北戦争敗戦後のアメリカ南部と重ねて論じることで日本の若者たちを鼓舞することを目指し、また、高見順、大岡昇平らはフォークナーの印象を肯定的に記した文章を新聞に発表した。フォークナーの日本訪問はおおむね成功と評価され、この訪日を一つの契機として、一九五六年三月東京で「日本アメリカ文学会」（もっともこの時点では全国学会ではなく現在のアメリカ文学会東京支部に相当する）が発足した。ここに日本におけるアメリカ文学研究が本格的に始まったのである。（それまで日本ではアメリカ文学研究者の数は少なく、長野の「アメリカ文学セミナー」の参加者も、実際はほとんどがイギリス文学研究者であった。）

フォークナーの評価は、アメリカ本国において冷戦期に、一九三〇年代の社会的問題に無関心でとかくスキャンダラスな題材に惹かれがちな技巧優先の作家という評価から、独創的なモダニストにして人類普遍の価値を訴える作家という評価へと大きく変化したが、このような評価の転換の背後に、第二次大戦から冷戦へと向かうアメリカの文化的ポリティクスがあったことは、ロレンス・シュウォーツの著書 *Creating Faulkner's Reputation: The Politics of Modern Literary Criticism*（一九八八年）の出版以来定説になっている。普遍的なヒューマニストというフォークナー像は、冷戦の文脈のなかで反コミュニズムの有力な武器となったのであり、新批評の浸透と合わさって、「フォークナー研究はひとつの大きな制度として冷戦時代のアメリカ文学研究に貢献した」（越智 九八）。そして日本でも同じことが起ったのである。

このようにアメリカ文学研究の制度化を含め、戦後日本の文化史において重要な意味をもつフォークナー訪日であるが、研究はほとんど進んでおらず[1]、日本におけるフォークナー文学研究の側からの論考もほとんどが散発のエッセイ的な回顧録にとどまっている[2]。本論集は、この研究上の空白をうめようとするものであり、同時に金志映『日本文学の〈戦後〉と変奏される〈アメリカ〉』（二〇一九年）などにより近年高まりを見せる日米文化冷戦研究への貢献をも目指している。日本は文化冷戦の最前線の戦場だったのであり、現在の日本文化もその影響から逃れてはいない。フォークナー訪日も一つの「戦い」であり、言うまでもなくアメリカ政府とフォークナーはそのことに十分自覚的であった。本論集は私たちの側もこのことに自覚的であろうとする試みである。

本論集は三部からなる。

第一部はフォークナーの日本訪問の実際を論じる。相田論文（第一章）はフォークナーの日本訪問中の行動を一日単位で検討し、さらに『長野でのフォークナー』の分析を試みる。梅垣論文（第二章）は高見順とフォークナーの関わりについて訪日以前にまでさかのぼって探究する。高見はフォークナーと一対一で対談したおそらく唯一の日本人作家である。山本論文（第三章）は記録映画『日本の印象』を同時期に日本で公開されたＵＳＩＳ映画のなかに位置づけ、アメリカ政府の意図と関連づけながら論じる。山根論文（第四章）は長野セミナーの日本人参加者たちがフォークナーに送った寄せ書きの掛軸（長野市立長野図書館所蔵）を巡って、アメリカの冷戦文化構造そのものを参照しながら考察する。

第二部は、フォークナー訪日と同時代の日本文化について論じる。森論文（第五章）は日本人の太平洋戦争の記憶・トラウマの物語である『ゴジラ』（一九五四年）とフォークナー訪日の同時期性に注目し、フォークナーのメッセージが日本人に対する「文化療法（カルチュラル・セラピー）」として機能した可能性を指摘する。越智論文（第六章）は戦後日本におけるアメリカ文学研究の制度化にフォークナー訪日が果たした役割について、冷戦期に再構成されたアメリカ文学研究のコンセンサスの日本への移入という観点から、スタンフォード大学＝東京大学アメリカ研究セミナー（一九五〇―五六）や同時期のアメリカ文学研究関連の出版物を広く視野におさめつつ考察する。

第三部は、訪日とフォークナー文学の関わりについて論じる。松原論文（第七章）は「冷戦戦士」としての国民的作家フォークナーと南北戦争での敗北を経験した南部作家フォークナーとの相克を『寓話』（一九五四年）と『館』（一九五九年）を通して分析する。金澤論文（第八章）は訪日をはさんで発表された二つの作品、『墓地への侵入者』（一九四八年）と『町』（一九五七年）を比較し、『町』にはフォークナー作品にはまれな楽観性が見られることを指摘したうえで、この楽観性の背後にはフォークナーが長野で見いだした教育の可能性への信頼があったと結論づけている。

以上が、各論文の概要である。具体的なテーマに絞りこんだ論集の性格上、複数の論考で共通した素材を扱うことになったが、これは最初から意図したことでもあった。さまざまな視点からの多面的な分析を通して、フォークナー訪日がもたらしたものの複雑な様相が少しでも明らかになれば幸いである。(3)

日本におけるフォークナー研究は、作品研究を中心に高いレベルの業績を積み重ねてきた。また、フォークナーと日本文学のテクスト上の影響関係についての研究も進んでいる(二〇一九年には『フォークナーと日本文学』(諏訪部浩一＋日本ウィリアム・フォークナー協会編、松柏社)が出版された)。誇るべき達成であるが、作品中心・テクスト中心のこの姿勢は、おおつかみにつかまえた時、冷戦レトリックの枠を出るものではなかったととらえることもできるのではないだろうか。私たちの論集はこれまで必ずしも充分ではなかった文化政治の領域からの視点を加えることを目指している。いくらかでも研究の刺激になればうれしい。

本年は、サンフランシスコ平和条約発効からちょうど七〇年目にあたる。この「はじめに」を書いている時点では、このことがどの程度日本社会で話題になっているのかはわからないが、私たちの論集が戦後日本の歩みを内省するひとつのきっかけになればと願う。

注

(1) まとまった論述としては藤田文子『アメリカ文化外交と日本』(二〇一五年)の第四章「ウィリアム・フォークナーと日本」があるのみであり、たとえばフォークナーが日本で何をしていたかという一日単位の基本情報についても十分には明らかでない。

(2) 例外として竹内理矢「第9章 フォークナーの見つめた「近代」日本――芸者人形とアメリカ南部――」野田研一編著『〈日本幻想〉表象と反表象の比較文化論』(ミネルヴァ書房、二〇一五年)がある。

(3) 同様の理由から、フォークナーのテクストの日本語訳についてもあえて統一していない。

引用文献

越智博美『モダニズムの南部的瞬間 アメリカ南部詩人と冷戦』(研究社、二〇一二年)

第一部　フォークナー訪日の実際

第一章

日本におけるフォークナーの足跡と『長野でのフォークナー』

相田　洋明

一．はじめに

「はじめに」で述べたように、国務省人物交流プログラムによる一九五五年（昭和三〇年）八月一日から二三日のフォークナーの訪日は、何よりも、アメリカ文化外交の一部であり、政治的イベントであった。そもそも訪問先として日本を選んだのも国務省の意向であり、当のフォークナー自身は、藤田が引用している書簡でも「私自身、ヨーロッパの人とであれば何かしら効果的なこと、親しさのようなもの、言葉は違っても西洋人に共通する人間性のようなものを達成する自信がある、いや自信があると思うけれども、それが日本への旅には感じられない」（藤田　九八）とむしろヨーロッパに行きたい気持ちをにじませている。

もっとも、フォークナーの妻エステルは日本を訪れたことがあった。一九五〇年（昭和二五年）一一月に、紹介状もなく（手紙は出したようだが返事はもらえず）、いきなりミシシッピ州オクスフォードにまでやってきて、直接ローワン・オークに電話をして（電話をとったのはエステルだったようである）、フォークナーとの面会に強引に成功した著述家の小松ふみ子の会見記にこうある。

それよりも驚いたことには、夫人は京都や奈良をしつてゐたことだ。夫人はウイリアム・フォークナーとは二度目の結婚で、最初の結婚生活を上海で十四年［ママ］もおくり、その間に日本を訪問したのだといつた。「京都や奈良は戦争があつても少しも變らない」といふと「大變きれいで今でも印象に残つてゐる・・・・」となつかしそうに話された。（小松　三六）

エステルは一九二〇年代前半前夫コーネル・フランクリンと上海の租界に住んだ。その頃立ち寄った日本の話をフォークナーにしたことがあったかもしれない。

本論文では前半で、Blotner [1966]、Blotner [1974]、藤田、竹内や当時の新聞記事、実際にフォークナーに会った人びとの回想記等によりながらこの日本訪問でフォークナーが具体的に何を行ったのか、一日一日に即して検証する。後半では、フォークナー訪日が生み出した一冊の書物 *Faulkner at Nagano*（『長野でのフォークナー』、1956）の分析をこころみたい。（以降特に断らないかぎり *Faulkner at Nagano* からの引用は拙訳で行う。）

二．日本におけるフォークナーの足跡

フォークナーは、一九五五年八月一日（月）[1]午前八時四五分パンアメリカン機で羽田に到着し、空港で早速インタビューを受けた。[2]東京での滞在先である国際文化会館で荷を解いたのち、午後歌舞伎座で水谷八重子を主演に日米双方の俳優が出演する『八月十五夜の茶屋』の舞台稽古を見学した。その後外国人記者クラブで質問に答え（目次②）、テレビ・ラジオのインタビューをこなし、夜のパーティにも出席した。

誰がみても過酷なスケジュールで、その影響があったかどうか、フォークナーは酒を飲み始めた。前年のブラジル訪問でも泥酔して何日かのスケジュールに穴をあけたことがあり、国務省のスタッフも注意していたはずなのだが、とにかく飲酒が始まり、翌二日朝、日本でフォークナーに常に同行した米国大使館文化交換局のレオン・ピコンが部屋に迎えに行くと、フォークナーは泥酔状態で使い物にならなかった。ピコンが記者たちに「とても気温が高くさらに長旅の後ということもあり、フォークナー氏は暑さにやられてしまいました」（Picon 15）と説明して昼の記者会見はキャンセルになった。さっそくその日の読売の夕刊に記事が出た。

フォークナー氏日射病で入院
長野市で開かれるアメリカ文学セミナーに出席するため一日、来日したアメリカの文豪ウィリアム・フォークナー氏は二日午後一時から丸の内のプレスクラブで記者会見を行う予定だったが同日午前

米軍慰問中日射病にかかり米軍病院に入院した。このため同会見は中止となり、同氏の今後の予定は未定。（『読売新聞』一九五五年八月二日夕刊）

その日の夜のアリソン駐日米国大使主催のレセプションには何とか出席したが、ここでも酒に酔って大使を怒らせてしまった（Picon 15; Schmidt 25）。

しかし何とか持ち直し、三日には、国際文化会館で川端康成・伊藤整・大岡昇平・高見順・青野季吉・西村孝二との懇談会に参加した。懇談会に出席した六人の日本人作家のうち、川端以外の五人はこの日の印象を文章にしているが、[3]そのうちの一人、青野季吉は「氏は大の酒好きとのことで、この午後も赤い顔で入って来たが酔いなどはまるで、感じさせなかった」と書いている。まだ飲んでいたようである。

翌四日には、雑誌『文藝』の企画で高見順と対談した。[4]その後毎日新聞の主催で坂西志保・西川正身と座談会（目次⑫）を行い、[5]その夜、夜行列車で長野に向かった。

五日早朝四時五三分長野着。その後記者会見に臨んだ（目次④）。宿は善光寺参道の老舗旅館五明館にとり、この日から一五日まで行われたフォークナーの長野セミナー（目次⑤）は五明館の大広間で行われた。五日のセミナーでは、フォークナーは東京での自らの発言を補足するコメントを読み上げ質問を受けた。[6]

一一日午後には長野市の日米文化センターを突然訪問し、勉学や読書に励む学生たちと対話した（中村）。一九三六年に長野で生れた美術評論家峯村敏明は、自らの人生を振り返るインタビューのなかで、この日のことにふれている。臨場感の伝わる回想なので少し長くなるが引用する。

ただひとつ、はっきりと（覚えていることが）あります。高校のときにウィリアム・フォークナー（William Faulkner）がやってきて、長野市に滞在したことがあるんです。私は大学受験（の勉強）というのはほとんど自主的にやったことはないんですが［……］3年生の時かな、長野市にあった［……］アメリカ文化センター［……］にバスで通った。これはアメリカ好きでなくても（気に入るところだった）。［……］アメリカ文化センターの図書室は、おしゃれで綺麗で、とても美しい女性の司書が二人いらして、いい雰囲気だった。［……］ある時、「今ウィリアム・フォークナーさんがいらしていて、日本の若者とお話がしたい」と（アナウンスがあって）、突然（2階から）降りてきたんですよ。びっくりしましたね。私はフォークナー好きで多少読んではいたんですが、あの人が来ているのって。もっと驚いたのは［……］ある受験生が彼に質問するときに「へえ」と思ったのは、彼の『響きと怒り』という小説には、The Sound and the Fury［ママ］と定冠詞があるのに、シェイクスピアは定冠詞を付けなかった。受験生がそれを質問した。［……］そうしたら、フォークナーは、それはサウンドの問題で特に深い意味はない、そのほうが語呂がいいからと答えていました。(7) とても穏やかな口調でいろんな質問に答えていましたが、感銘を受けましたね。（峯村）

一三日には五明館で長野市民と対話し（目次⑦）、一四日の日曜日には野尻湖に小旅行に出かけた。そして一五日に最後のセッションを行い、その冒頭で「日本の印象」（"Impressions of Japan"）（目次⑩）

を朗読した。また、この時までに、セミナー参加者の佐々木翠広島女学院大学助手に対して、ノーベル賞基金からアメリカ留学のための奨学資金を与えることを決めていた[8]。

一六日に長野を発ち同日午後四時二〇分特急つばめで京都駅に着いた。いったん宿の俵屋に落ち着いたのち、夜、五山の送り火を見物した。「ヴェリー・ナイス」とフォークナーは述べたと京都新聞は伝えている。一七日には同じ一九四九年のノーベル賞受賞者で当時病床にあった湯川秀樹を自宅に見舞った。そしてこの日から三日間京都アメリカ文化センターでいずれも午後四時から「第一日報道関係者、第二日英米文学教授、第三日文学専攻の学生と教諭を招いて」(『朝日新聞』京都版一九五五年八月一三日)の座談会に出席した。一七日の会でのフォークナーの発言を毎日新聞が報じている。

〝原爆は人類の汚点〟

フォークナー氏京都で語る

十六日京都入りした米作家ウイリアム・フォークナー氏は十七日午後四時から京都米文化センターで新聞記者団と会見、質問に答えて次のように語った。

「二つの世界の対立はイデオロギーによって解決できるものではない。どちらの世界の方に、より多くの人間的自由が存在するかを各人が考えれば自然に答のでる問題だ。米国は原爆を広島や長崎に落した。これはひとり米国だけではなく広く人類史上の汚点である。したがって広島、長崎の不幸を除くために全人類が力を合せねばならない。戦争が再び起るか起らずにすむかは実際に戦う若い人達の自覚によるといえる。日本は敗戦によって混乱したが、これは我我も九十年前南北戦争で経験したものと同じである。我々はこの混乱を立派に乗切って今日の米国の繁栄を築いた。日本の人達も乗り切らねばならない。それは世界の人類の若い世代として辛抱強く努力することが必要だ」【京都発】（『毎日新聞』一九五五年年八月一八日）

なお、『長野でのフォークナー』では、原爆（"bomb"）のない世界にはもうもどれないという論旨のなかで一度原爆に触れているだけである（*Faulkner at Nagano* 78）。この日は午後六時三〇分から京都新聞主催の歓迎夜食会に出席した。

一八日には高山京都市長を訪問し、その後大津市米軍西南地区司令部を慰問した。午後には琵琶湖でヨットを二時間楽しみ、午後四時からの座談会に出席した。そして一九日も予定をこなし、二〇日に特急つばめで東京に戻った。

二一日には一五〇人ほどの教師・学生たちと対話し（目次⑧）、二二日には記録映画『日本の印象』（*Impressions of Japan*）のためのナレーションを録音した。（ただ最終的には、フォークナーのナレーションは使われなかった。）午後には、新宿紀伊国屋書店でサイン会を行った。[9]

そして二三日に、「日本の若者たちへ」（"To the Youth of Japan"）（目次⑪）を書き上げレオン・ピコンに託し、午後六時一〇分羽田発ノースウェスト機で離日した。

以上が日本におけるフォークナーの足跡であるが、当然ながら彼の行状が、強くアメリカの国策に影響されていることが分かる。例えば、日本についたその日の午後に強行軍で、『八月十五夜の茶屋』という芝居の舞台稽古を見学しているが、それはこの芝居が、アメリカ軍政下の沖縄を舞台に、アメリカ軍人と沖縄の人々の交流を描く劇だからである。(ちなみに、この劇は一九五六年にマーロン・ブランドや京マチ子の出演をえて映画になった。)

また、フォークナーは、長野セミナーに参加していた佐々木翠に奨学資金を与えることを決めた。彼女の将来性にフォークナーは魅かれたわけだが、先ほどの京都での発言や当時の状況を考えれば、彼女が被爆者であることが一定の政治的意味をになった可能性は完全には否定できないように思われる。(佐々木が中学二年生のときに被爆したことは、奨学資金の授与が正式に決まった後の一二月二四日の朝日新聞の「人寸描」という欄の記述から分かる。彼女に米国のノーベル賞作家フォークナーが奨学資金を贈るのは「くしき縁」であるとその欄には記されている。)フォークナーが長野でセミナーを行っていた八月六日は、広島市に原子爆弾が投下されてから、ちょうど一〇年目に当たる日であった。

また、京都では湯川秀樹を訪問した。同じノーベル賞受賞者ということであるが、いっぽうで戦後日本の文化的復興の象徴であり、アメリカの大学にも滞在したことのある湯川は、藤田が詳述しているように、米国務省映画部が『父湯川秀樹』という映画を製作するほどに(この映画の完成が一九五五年)、アメリカ政府より日米友好促進の観点から注目されていた人物であった。このように、フォークナーの日本訪問中の行動は、一貫してアメリカの国益に沿ったものだったと言えるであろう。

三.『長野でのフォークナー』

三．一　政治的イベントから文学的テクストへ

このフォークナーの日本訪問から一冊の書物が生まれた。一九五六年七月に研究社から出版された『長野でのフォークナー』である。フォークナーが書物の形で出版した最初の対話集であった。編者は神戸女学院大学のフルブライト講師ロバート・A・ジェリフとなっている。Blotner [1966] に「日本で最大の教科書出版会社が *Faulkner at Nagano* という書物の出版の許可を求めてきた」(Blotner [1966] 6) とあるので、研究社の側からの発案だったのかもしれない。すべて英語の書物である。

目次は注2に記したとおりである。足跡の記述で触れなかった項目を説明しておこう。フォークナーは長野で善光寺の尼僧と対談したが、その内容が "Interview at Zenkoji Temple" (目次⑥) に、また長野を発つときに残したメッセージが "Message given at Nagano" (目次⑨) に収められている。巻末にはフォークナーのノーベル文学賞受賞演説が付されている (目次⑬ "Speech at Stockholm on the Occasion of His Receiving the Nobel Prize")。また、書物冒頭には編者ジェリフによる序文がある ("Preface")。

次に、この書物の特徴について何点か指摘する。第一に、日本の雑誌・新聞主催の対談 (目次③、目次⑫) を除いて、質問者は全てQという一文字に還元され、それが誰であるかは問題にされていない。また、注4でふれたように『文藝』主催の高見順との対談でさえも、目次でも本文でも "Mr. Takagi" と誤記され増刷の際にも修正されていない[10]。要するにフォークナーの対談相手が誰であるかには関心が払われていない。

合わせて、フォークナーが日本人に与えるメッセージ（目次⑨、目次⑪）や日本印象記（目次⑩）が含まれていることから考えれば、対話というよりも、フォークナーが日本人に（質問に答えるという形式によりながら、半ば一方的に）語るという内容であると考えられる。その意味で、奥付に記されたこの書物の邦題『フォークナー大いに語る』は内容をよくあらわしていると言える。

また、八月三日の川端、大岡らとの対談は収録されていないし、また四日の座談会では坂西志保が日本の私小説や大岡昇平の『俘虜記』などの戦後文学について内容のある発言をしているが、フォークナーは意味のある応答をしていない。[11] これらから、日本の作家・知識人との真の対話は含まれていないし、行われていないと言えるであろう。

その意味で、この書物はフォークナーの日本滞在の記録文書（ドキュメント）のようなものだと考えられよう。そして実際、フォークナー自身そう考えていたふしがある。一九六〇年、チャールズ・イー・タトル出版が、アメリカで販売するために『長野でのフォークナー』を一五〇〇部輸入したいと言ってきたとき、フォークナーは、「私には、日本の外でこの本を販売する意味がまったく分からない」と答えた（Faulkner [1977] 45）。

フォークナーの死後六年目の一九六八年、『長野でのフォークナー』は、『庭のライオン』（*Lion in the Garden: Interviews with William Faulkner, 1926-1962*）という書物に、"Interviews in Japan" として収められた。その際、「日本の印象」、「日本の若者たちへ」、「ノーベル文学賞受賞演説」は削除されており、インタビューと対話が行われた歴史的・政治的コンテクストが排除されている。"Interviews in Japan" は、フォークナー研究に欠かせない一次資料である『庭のライオン』全体のおよそ四〇%を占め、フォークナー文学理解のための作家インタビューとして現在では読まれている。巻末には便利な索引がついていて、フォークナー作品について論文を書こうとする研究者が、その作品名を索引で拾って、フォークナーの発言を拾い読みすることも多い。先の長野でのタイトルの冠詞を巡る質疑も索引の *The Sound and the Fury* の項目に登録されているので、『響きと怒り』で論文を書こうとする世界中のフォークナー研究者の目に触れることになったわけである。

以上、フォークナーの日本訪問が、政治的イベントから文学的テクストへと変貌する姿を概観した。次に、『長野でのフォークナー』のいくつかの部分を読んでみたい。

三・二　『長野でのフォークナー』を読む

離日直前に書き上げた「日本の若者たちへ」が、文字通り、フォークナーの日本における文化外交の集大成と言える。有名な文章であるが、和訳を引いておこう。ここでは、米国大使館文化交換局が発行していた雑誌『米書だより』が一九五五年九月号（フォークナー離日の直後）に原文とともに掲載した翻訳を用いる。なお、『米書だより』での日本語タイトルは「日本の青年へ」である。

> いまから百年前、私の国合衆国は経済的にも文化的にも一つの国ではなく、いずれが相手を支配するかを賭した戦いを九十五年前に交えたほど相反目する二つの部分にわかれていた。私の側であつた南部は［……］戦争に敗れたのである。私たちの土地や家庭を荒した征服者は、私たちが敗北したのちまでも居止まつた。［……］

しかしいまでは、これらの事柄はいつさい過去のものとなつている。いまは私の国は一つである。むかし受けたこうした苦痛は、ただ一つになつたという以上に私の国を強固なものにしたと私は信じている。［……］私がこんなことを述べるのは、私の故郷南部のアメリカ人は、将来に対してなんらの希望も見出せず、たよりとするものも信ずるものもない今日の日本の青年諸君の気持を、すくなくとも理解だけはできるということを説明したいためである。（「日本の青年へ」三〇）

南北戦争で敗北した南部と太平洋戦争の敗戦国日本とのあいだに類似性を設定し、相互理解の可能性を示したこの言葉は、ちょうど十回目の終戦記念日を迎えたばかりの日本人を鼓舞することを目指していた。実際、当時大学三年生であった髙坂正堯はこの文章を読んで「感激した」と回想している。何よりも髙坂に感銘を与えたのは「フォークナーの南部人としての誇り」であり、「この自信に満ちた発言こそ、戦後アメリカが日本にくれた最大の贈り物である」とまで述べている（髙坂 九二、九四）。[12]

ただ、『長野でのフォークナー』には、日本人の質問者の質問によって、差異と相互理解の難しさが際立つ瞬間も記録されている。二つ例を挙げよう。最初の例は、兵士に関わるものである。長野市民との対話（目次⑦）にあたって、フォークナーは最初に、「ここにおられる皆さんは、アメリカ人の兵士をよくご存知でしょう。私は兵士ではありません。私は、兵士としてではなく、お話ししたいのです」と述べた。占領が終わってまだ三年しかたっていない当時の雰囲気が伝わってくる言葉である。そしてこう話し始めたフォークナーに一人の日本人が質問する。「『兵士の報酬』の最初に出てくる、兵士たちが酒を飲むシーンを読むと、私は、太平洋戦争が終わったすぐ後に起きた出来事を思い出します。名古屋駅のホームに立っていると、何人かのアメリカ兵がやってきて、私の首を無理やりつかんで、ウィスキーを飲ませたんです。それから兵士たちは自分たちのあいだで瓶を回して、私が飲んだのと同じ瓶からウィスキーを飲んでいました。『兵士の報酬』が描いている時代からはずいぶん時間が経ちましたし、今はすっかり平和ですから、こんなことが現代でも起きるとは思っていません。そのようなシーンが見られうるのかどうか教えて頂けないでしょうか？」（*Faulkner at Nagano* 137, 141）この質問者は、『兵士の報酬』への論評という風情を装いつつ、やんわりと、名古屋駅でのアメリカ兵の乱暴狼藉ぶりを批判している。終戦後すぐの勝者だからこそ行いうる行為だからである。この質問は、同じ敗者として気持ちが分かるというメッセージに対する、一つのコメントとして読めるだろう。

次は、人種に関するものである。アメリカ南部の人種問題について、フォークナーは日本でくり返し質問を受けた。一九五四年のブラウン判決によって、アメリカ南部の人種差別があらためて注目を浴びていたことが背景としてあった。フォークナーの答えは一貫しており、アメリカ南部の人種問題は経済問題であるというものだった。そんななか東京で一人の日本人があらためて質問する（目次⑧）。質問者とフォークナーのやりとりをいくらか詳細にたどってみよう。

「ご著書に答は示されているとは思うのですが、しかし、人種問題は今でも私たちの悩みです。南部の歴史について話して頂けるとありがたいのですが。」これに対してフォークナーは、「私の国の人種問題は経済問題なんです」、「私たちの問題は他の人種に対する憎しみに基づくものではありません」と答える。質問者は続けて、「経済問題と考えてらっしゃるんですね？」と確認し「私の意見ではそうです」という答えを得たのち、次のように発言する。「私は、白人の黒人に対する憎しみには別の理由があると思います。彼らは法的政治的には平等ですが、それでも有色人種とは混ざり合ったり、混じり合ったりすることはできないという人々の考えのなかには、何か隠された潜在的なものがあるように思うのです。［……］私はそのことを特に南部の州で明確に感じました。」フォークナーは、なお、「子どもが中年になって経済システムの一部になった時はじめてその潜在的な性質は現れるのです」と言い張るが、質問者は、「お答えには納得できません、もう一度お尋ねしてよいですか？」と食い下がる。続けて、「カーストという語を使うと侮蔑語に聞こえるだろうと思いますが、しかし私が合衆国を旅行しました時、北部と南部で黒人に対する振る舞いに違いを感じました。そして北部の方が、南部よりも、目に見える社会的地位の違いが、はるかに小さいと感じました」と述べる。これに続く部分は聞き取れない単語があるようだが、テネシー・ヴァレーを訪れた際、白人用のと黒人用のと二つあるのを見た、と述べていることから、セグリゲーション（人種隔離）の事例を指摘しているのだと思われる。いっぽう、フォークナーも頑固で、「南部の方が偏見がはなはだしい理由は、南部の経済の方が単純だからだと申し上げたい」と応じる。

するとその時、『長野でのフォークナー』ではきわめて希なケースなのだが、別のアメリカ人が発言する。「質問をするというよりも、一言発言させて下さい。私自身アメリカ人として、また、私の教会から日本にやって来た最初の宣教師、黒人の宣教師として、それはカースト制度ではなく、経済的状況だと申し上げたいのです。アメリカでは、自らを向上させる能力がある人は、黒い肌をしていようが白い肌をしていようが、そうすることができます。この夏大阪で日本の貧しい老人たちを訪れた時に見たものとは大違いだと言いたい。アメリカの黒人は、隔離された村や隔離された地域に置き去りにされた

日本人よりも、はるかに暮らし向きが良いと私は感じます。」(*Faulkner at Nagano* 166-70)

この黒人宣教師は、フォークナーの助太刀をしようとしているのだが、結果的に「日本の若者たちへ」でフォークナーが隠蔽したことを明るみに出すことになった。「日本の若者たちへ」でフォークナーが「私たち南部は敗北した」と述べる時、その南部とは誰を指すのだろうか？　そこに黒人は含まれていないように思われる。黒人宣教師が、「アメリカの黒人」と「隔離された村や地域に置き去りにされた日本人」を比較して、「アメリカの黒人」の方が「はるかに暮らし向きが良い」と断言する時、日本とアメリカの差があらわになると同時に、アメリカ国内での黒人と白人の境遇の違いと日本国内での差別構造が浮かび上がる。アメリカ南部と日本の類似性をひと皮むけば、アメリカ南部と日本のあいだにも、また、アメリカ南部と日本それぞれの内部でも、このような差異が現れてくるのである。

四．まとめ

フォークナーの日本訪問は、文化外交としての政治的イベントであったが、それが『長野でのフォークナー』という書物にまとめられ、そして『庭のライオン』に収められるプロセスのなかで、文学的テクストになった。

「日本の若者たちへ」がフォークナーの日本における文化外交の集大成であり、南北戦争で敗れたアメリカ南部と太平洋戦争の敗戦国日本とのあいだに類似性を設定し、相互理解の可能性を示した。そしてそうすることで、日本人を鼓舞し、また、長野セミナーと合わさって、日本のフォークナー研究に、またアメリカ文学研究に、大きな推進力を与えた。

いっぽうで、このテクストはいくつかのことを隠蔽する結果になった。例えば、アメリカ南部と日本を戦争の敗者としてひたすら慰撫することで、敗者に敗戦の原因を探求することをおこたらせた。そのことが、第二の南北戦争と称された公民権運動で南部が再び敗北することにつながったし、いわゆる「逆コース」へと日本を方向づけた。

『長野でのフォークナー』には、類似性の設定と差異の顕在化の、相互理解の可能性とその難しさの両方の要素が含まれており、戦後日米関係の研究においても、また、日本のフォークナー研究においても、なお読むに値するテクストである。

注

（1）これに先立つ七月三〇日付の川端康成のハロルド・ストラウス宛て書簡を紹介しておこう。ストラウスはクノップフ社の編集者で日本文学の翻訳出版に尽力した人物である。

ウイリアム・フオクナア氏の来日について、お心づかひのお手紙、ありがたく拝見しました。［……］私は八月二日International House of Japan で、少数の文学者たちと共に会ふことになつてゐます。その日の顔ぶれについては、私もUnited States Department の人とInternational House of Japan の人に相談を受けました。（川端 三七〇）

日本ペンクラブ会長として川端が日本側の人選に関わっていたことが確認できる。

（2）『長野でのフォークナー』の目次（Contents）は以下である。（○数字と日付は筆者が付した。）

Preface
① Interview at Haneda Airport（八月一日朝）
② Interview at Press Club（八月一日夜）
③ Interview of August 4 with Mr. Takagi and the Editor of Bungei（八月四日）
④ Interview of August 5 with the Press（八月五日）
⑤ Colloquies at Nagano Seminar（八月五日〜一五日）
⑥ Interview at Zenkoji Temple（八月五日〜一五日のいずれかの日）
⑦ Interview with Nagano Citizens（八月一三日）（本文では Meeting with Nagano Citizens、*Lion in the Garden* では目次でも Meeting with Nagano Citizens）
⑧ Meeting at Tokyo American Cultural Center（八月二一日）
⑨ Message given at Nagano
⑩ Impressions of Japan
⑪ To the Youth of Japan
⑫ Plot Complications Result of His Ignorance: Faulkner（八月四日）（*English Mainichi*, August 5, 1955 からの転載。本文では Plot Complications Result of His 'Ignorance': Faulkner と Ignorance にシングル・コーテーションマークが付されている。）
⑬ Speech at Stockholm on the Occasion of His Receiving the Nobel Prize

来日早々の空港でのインタビューは目次の①にあたる。以後この節の記述で『長野でのフォークナー』にその内容が収録されている場合は、目次①のようにして記す。

（3）伊藤整「一九五五年八月三日日記」、大岡昇平「「文学の運命」の理解者」、高見順「きのうきょう——フォークナー氏」、青野季吉「確信に満ちた態度――フォークナー氏に会う」、西村孝次「ものを見つめた目――フォークナー氏日本作家と会う。」なお、この時通訳をつとめた齋藤襄治も後に回想録「フォークナーの思い出」を発表している。

（4）目次③。ただし、目次でも本文でも“Mr. Takagi”と誤記されている。この対談の日本語訳は『文藝』昭和三〇年一〇月号に掲載された。

（5）この座談会の抜粋の日本語訳が『毎日新聞』一九五五年八月六日に「フォークナー氏を囲んで」として掲載された。

（6）訪日中フォークナーは一貫して日本文化への敬意を表し続けた。その対照としてアメリカ文化の物質的側面を強調し、その価値を低くみる発言をすることがあった（たとえば、「アメリカに住んでいる人間は本を読みません」「私たちの文化は生産と成功の文化です」（*Faulkner at Nagano* 6））が、この日のコメントはこれらの発言を修正するものであった（「私の発言は誤解を招くものでした」（Faulkner [1982] 309））。いささか神経質すぎる対応にも思えるが、文化外交としては必要な措置だったのであろう。（なお、五日のセミナーの内容は『長野でのフォークナー』には収められていないが、加島、和田、植村によってその雰囲気を知ることができる。お互い緊張し、質疑は盛り上がらなかったようである。）

（7）*The Sound and the Fury* の定冠詞を巡る問答は“Interview with Nagano Citizens”（目次⑦）にある（*Faulkner at Nagano* 143-44）。もっとも“Interview with Nagano Citizens”は一三日の対話を記録したものなので、同様の質問を一三日にも誰かがしたのか、あるいは一一日の高校生の質問を編集してここに収めたのかはわからない。

（8）佐々木に関しては、龍口［1973］が次のようなエピソードを紹介している（文中では「Yさん」とされているが、「フォークナー・スカラシップを獲得した第1号がYさんであった」とあることから「Yさん」が佐々木を指しているのは明らかである）。

　セミナーの聴講生のひとりに、まだ20代の、美しい女性がいた。［……］そのYさんが、ある晩、私の部屋に来て、毎晩フォークナー先生のお酒のお相手をさせられるのがとてもつらい、といって私たち――同室の大橋吉之輔君と私――に訴え、しまいには泣き出してしまった。（龍口［1973］一七）

訪日中のフォークナーの行いについて礼賛の言葉ばかりが目立つなか、貴重な証言として引いておきたい。

(9) 朝日新聞の「青鉛筆」というコラム欄がサインをするフォークナーの写真付きで当日の様子を伝えている。「▽来日中のアメリカのノーベル賞作家ウィリアム・フォークナーさんが、帰国の前日二十二日の午後、新宿の紀伊国屋書店で開かれたサインデーに出席、わずか七十円の文庫本にサインをした。▽ちょうど来日する直前、角川文庫で短編集「エミリーのばら」が出たのを見て大よろこび。「日本のファンにお礼をしたい」というのでこのサインデーとなったもの。▽約一時間ほどのうちに百五、六十人にサインをしたが、映画女優や歌手のサインデーのような混雑もない〝文化国家〟らしいひとこまであった。（『朝日新聞』一九五五年八月二三日）」なお、石崎にこの時のサイン本の写真が掲載されており、フォークナーの万年筆の署名が確認できる。

(10) 何度増刷されたかは不詳だが、少なくとも架蔵本の第四版（昭和四一年七月一五日発行）では修正されていない。

(11) 編者のジェリフは序文で「フォークナー氏の対話と議論を時間順に配した」(*Faulkner at Nagano* vi) と述べているが、坂西・西川との座談会（目次⑫）は八月四日に行われたものであるにもかかわらず、ノーベル文学賞受賞演説の直前、フォークナー訪日の記録としては最後に配置されている。この座談会が他の対話とは質的に異なる内容であることを編者も感じとったからであろう。

(12) もっとも佐伯彰一は「このメッセージは、当時のわが国で何の反響もよばなかった。ジャーナリズムの上でも全く黙殺された」（佐伯 七九）と述べている。言うまでもなく、メッセージの受容は一様ではなかったであろう。

引用文献

青野季吉「確信に満ちた態度――フォークナー氏に会う」『東京新聞』一九五五年八月五日。

梓澤登「新訳刊行にあたって――訳者あとがきにかえて」ヴァーン・スナイダー『八月十五夜の茶屋――沖縄占領統治1945』梓澤登訳（彩流社、二〇一二年）、三二〇–三二一頁。

石﨑等「原稿用紙――筆跡とテクストの諸問題」浦野聡・深津行徳編著『人文資料学の現在Ⅰ』（春風社、二〇〇六年）、一二七–九二頁。

伊藤整「一九五五年八月三日日記」『伊藤整日記2：1955-1956年』（平凡社、二〇二一年）、一〇六頁。

植村郁夫「フォークナーの印象」『英語青年』一〇一（研究社、一九五五年）、四五二頁。

大岡昇平「「文学の運命」の理解者」『朝日新聞』一九五五年八月四日。

加島祥造「ナガノのフォークナー」『図書』六一五（岩波書店、二〇〇〇年）、六–九頁。

川端康成「ハロルド・ストラウスあて　一　昭和三十年七月三十日附〈原書簡の筆写による〉」『川端康成全集補巻2』（新潮社、一九八四年）、三七〇–七一頁。

髙坂正堯「フォークナーのメッセージ」髙坂正堯編著『日米・戦後史のドラマ』（ＰＨＰ研究所、一九九五年）、九一–九五頁。

小松ふみ子「W・フォークナー會見記」『群像』六（講談社、一九五一年）、三四–三八頁。

斎藤襄治「フォークナーの思い出」『文藝』一（河出書房新社、一九六二年）、一五九–六五頁。

佐伯彰一『日本を考える』（新潮社、一九六六年）。

高見順「きのうきょう――フォークナー氏」『朝日新聞』一九五五年八月六日。

――「対談現代文学史　私の文学観　W・フォクナー」『文藝』一二（河出書房、一九五五年）、一一〇–一三頁。

竹内理矢「第9章　フォークナーの見つめた「近代」日本――芸者人形とアメリカ南部――」野田研一編著『〈日本幻想〉表象と反表象の比較文化論』（ミネルヴァ書房、二〇一五年）、二四五–七〇頁。

龍口直太郎「思い出すままに」龍口直太郎教授古稀記念文集刊行委員会編『とらんしじょん　龍口直太郎教授古稀記念文集』（龍口直太郎教授古稀記念文集刊行委員会、一九七三年）、一-二七頁。

中村順一「高校生と語る W. Faulkner」The Youth's Companion 一〇（旺文社、一九五五年）、一〇-一三頁。

西村孝次「ものを見つめた目――フォークナー氏日本作家と会う」『日本読書新聞』一九五五年八月一五日。

藤田文子「第四章　ウィリアム・フォークナーと日本」『アメリカ文化外交と日本　冷戦期の文化と人の交流』（東京大学出版会、二〇一五年）、九三-一二二頁。

和田季久子「フォークナーの印象：長野アメリカ文学セミナーに参加して」『日本女子大学紀要．文学部』五（日本女子大学文学部、一九五六年）、三九-四一頁。

「峯村敏明オーラル・ヒストリー」（二〇〇八年一二月四日、インタヴュアー：暮沢剛巳、加治屋健司）http://www.oralarthistory.org/archives/minemura_toshiaki/interview_01.php（最終アクセス日二〇二二年六月三〇日）

「青鉛筆」『朝日新聞』一九五五年八月二三日。

「〝原爆は人類の汚点〟フォークナー氏京都で語る」『毎日新聞』一九五五年八月一八日。

「大文字に驚嘆　フォークナー氏入洛」『京都新聞』一九五五年八月一七日。

「人寸描　フォークナー賞を贈られた佐々木翠（ささきみどり）」『朝日新聞』一九五五年一二月二四日。

「フォークナー氏日射病で入院」『読売新聞』一九五五年八月二日夕刊。

「フォークナー氏を囲んで」『毎日新聞』一九五五年八月六日。

Blotner, Joseph. *Faulkner: A Biography*. 2vols. Random House, 1974.
———. "William Faulkner, Roving Ambassador." *International Educational and Cultural Exchange*, summer 1966, pp. 1-22.
Faulkner, William. *Faulkner at Nagano*. Ed. Robert A. Jelliffe. Kenkyusha, 1956.
———. "Faulkner's Speech at Nagano, August 5, 1955." Ed. Joseph Blotner. *Mississippi Quarterly*, Vol. 35, no. 3, summer 1982, pp. 309-311.

———. *Lion in the Garden: Interviews with William Faulkner, 1926-1962*. Ed. James B. Meriwether and Michael Millgate. Random House, 1968.

———. *Selected Letters of William Faulkner*. Ed. Joseph Blotner. Random House, 1977.

———. "To the Youth of Japan"「日本の青年へ」『米書だより』三〇（米国大使館文化交換局飜譯出版係、一九五五年九月）、二八-三三頁。

Picon, Leon. "Leon Picon." Interviewed by G. Lewis Schmidt, October 30, 1989, Foreign Affairs Oral History Project, Association for Diplomatic Studies and Training, https://www.adst.org/OH%20TOCs/Picon,%20Leon.toc.pdf.（最終アクセス日二〇二二年六月三〇日）

Schmidt, G. Lewis. "G. Lewis Schmidt." Interviewed by Allen Hansen, February 8, 1988, Foreign Affairs Oral History Project, Association for Diplomatic Studies and Training, https://www.adst.org/OH%20TOCs/Schmidt,%20Lewis.toc.pdf（最終アクセス日二〇二二年六月三〇日）

第二章

フォークナー訪日と高見順——届かなかった手紙

梅垣　昌子

一．「アメリカ現代文学の巨匠」の来訪

「マニラ、水曜日」で始まるレオン・ピコン宛の手紙のなかで、フォークナーは三週間あまりを過ごした日本を早くも懐かしむ様子を見せている。「今日の午後二時ごろに到着、快適な空の旅で、食事はステーキとシャンパン、でも日本の食べ物と酒がなくて寂しいです」と綴ったタイプ打ちのメッセージには、字幅を圧縮したような独特の筆跡で、「ビル・フォークナー」の署名がある。乾ききっていないインクの色移りのあとや、紙送りの不具合による行のせり上がり、あちこち見られるタイプミスなどは、旅の疲れのせいかもしれないが、タイトなスケジュールによる慌ただしさをも反映しているだろう。(1)日

本を離れた火曜日の夜、マニラの空港に降り立つと同時に記者の出迎えを受け、翌水曜日の午後に記者会見、木曜日には文学関係の小さな集まりで講演を行い、金曜日には別の大きな集会で議論と質疑応答。土曜日の正午にはマニラを離れてローマに向かう旨、フォークナーはピコンに報告している。しかし米国大使館文化交換局のピコンがこの手紙で依頼されたのは、フォークナーの宿舎だった東京六本木のインターナショナル・ハウスに確認をとり、作家が置き忘れた洋服を探してローマに送り届けることだった。

「黒いカフスボタンがついたままの、夜会用のシャツとブラックタイを忘れた模様。カフスがないので気づきました」という告白に続き、リネンのコートや、ボタンダウンのブルックスブラザーズのシャツなど、四、五点が見当たらないと書き送ったフォークナーは、日本での活動の成功を糧として、残りのツアーも頑張りたいという抱負を述べている。マニラにおいても、「日本で得られた良い結果」に匹敵する成果をあげたいし、「日本のよき伝統を守り」ローマでも「ベストを尽くしたい」と書き、ピコンの妻と「サカイリ・サン」にどうかよろしく、という言葉で手紙を締めくくっている。(2) 日本人の気質について、フォークナーは来日前、一般的な見解を持っていた。初来日の約二か月前、国務省のハロルド・ハウランドに宛てた手紙のなかで、フォークナーはこのように書いている。「日本人は、格式を重んじる人びとである（あるいは、だった）と理解しています。私はフォーマルウェアを持っていったほうがよいでしょうか？　それとも、必要になれば向こうで借りられますか？　ブラックタイは持参します」（*SL* 381）。

一九五五年八月一日、フォークナーが日本に到着した当日の新聞には、「日本文化に深い敬意」という見出しのもと、三段にわたる記事が掲載された。「来日の印象」として、「私は日本文化のもつデリカシー（繊細さ）と高い知性に深い尊敬の気持ちを抱いている」というフォークナーの談話が紹介されている。[3]「アメリカ現代文学の巨匠」の来日の目的については、「長野で開かれている米文学セミナーに参加するため」と説明されているが、八月五日に長野入りするまでの日程は、マニラのさらに二倍ほど過密だった。国務省の文化外交使節として訪日したフォークナーを待ち構えていたのは、記者会見や歓迎の諸行事に加え、日本の作家や文化人たちとの懇談会や対談である。八月二日は体調を崩して入院したが、その翌日からは二日間連続で、川端康成や大岡昇平、伊藤整や西川正身など、のべ九人以上と会う約束を果たした。[4]ここで「のべ」という言葉を使ったのは、高見順（一九〇七—一九六五）だけが、八月三日と四日の両日にわたり、フォークナーと対面したからである。

高見順は、三日に川端ら五人と一緒にフォークナーと懇談し、四日には速記者を伴って対談に臨んだ。その二日後、高見は朝日新聞のコラムに寄せた文章の中で、フォークナーの印象を次のように語っている。「アメリカ人というと、私たちには既に、ある人間タイプの概念ができている。日本に来ているアメリカ人やアメリカ映画から、それができている。その概念を私は氏によって見事に破られた。」[5]高見は、フォークナーの佇まいのなかに「ノーベル賞作家というようないかついものは少しもない」ことに驚き、先入観が鮮やかに否定されたことを快活な筆致で打ち明けている。高見によるフォークナーの印象は、特異な例ではなかった。フォークナーと接した他の作家や研究者たちも異口同音に、フォークナーの気さくな人柄に感銘を受けたと語っている。しかし高見とフォークナーの間には「いささか私的な因縁」[6]があった。高見はフォークナー来日の前年、ある理由で彼に長い手紙を送っていたのである。それゆえ、高見が実際にフォークナーと対面してその印象を新しく上書きしたことは、特別な意味をもつ。

長野に移動したフォークナーは米文学セミナーに出席して、研究者や学生、市民とも交流し、善光寺や野尻湖を訪れた。その様子は、当時の記録映像に残っている。ただしそれは、米国大使館文化交換局（United States Information Service）の製作による一五分弱の映画である。箏（こと）の音が際立つ雅楽風の音楽が随所に流れるこのＵＳＩＳ映画、『日本の印象』（*Impressions of Japan*）には、異国の地、日本でフォークナーが文化使節として果たした役割が、アメリカ側の視点でくっきりと映し出されている。しかしその一方で、ノーベル賞作家フォークナーを迎えた日本側にとって、フォークナーの来日はどのような意味をもっていたのだろうか。とりわけ、日本の「知識人」を自負する人びとは、彼の来訪をどのように受け入れ、この機会をどのように生かそうとしたのだろうか。

本稿では、フォークナーの来日前に手紙を送り、来日中には二回にわたって話をした作家、高見順に焦点をあて、日本の側からみたフォークナーの存在と来訪の意味を考察する。具体的には、第二次世界大戦での敗北後、一〇年目を迎えようとする当時の日本の状況に照らし、日本の作家がフォークナーを政治的に活用しようとして、必ずしもそれに成功しなかったことを明らかにする。また、両者の対面コミュニケーションは微妙にすれ違い、ついには互いに深い総合理解に達しはしなかったこと、さらに、そうではありながら、両者の文学観は普遍的な層において呼応しあっており、高見順が晩年に残した業績はまさに、フォークナーの文学の技法と響き合うものだったことを指摘する。

二．高見順とフォークナーの「私的な因縁」

アメリカ合衆国ミズーリ州のフォークナーセンターが所蔵するブロッキー・コレクションに、ミレーの「種蒔く人」のマークがレターヘッドに刻印された手紙が四枚、保管されている。[7] 岩波書店が発行する『世界』の初代編集長、吉野源三郎のサインが入った一枚と、高見順のサインが入った三枚の手紙である。タイプ打ちの英文手紙の右上に、吉野のものは一九五四年九月二二日、高見のものは同年九月二五日の日付が記されている。吉野の手紙にのみ、左上にニューヨークのマディソンアベニュー、ランダムハウス社気付で、ウィリアム・フォークナーの宛先が入っており、その内容から、高見の手紙三枚を同封していたことがわかる。吉野の手紙の目的は、『世界』の編集長として、「日本を代表する作家のひとりである高見順」を紹介し、高見とフォークナーを結びつける企画の概要を説明することだった。

のちに高見が綴った短い随筆「フォークナー氏の印象」には、フォークナーとの間の「私的な因縁」の説明として、当時の事情が次のように書かれている。「岩波書店の『世界』の編集部が、外国の作家の何人かに向けての手紙を、それぞれ日本の作家の何人かに書かせ、それとその返信を雑誌に発表しようという企画を立てたのだ」（高見 二一七）。高見は当時、「ケニヨン・レヴュー」や「パーティザン・レヴュー」を購読しており、そのいずれかに掲載されていたフォークナーのノーベル文学賞受賞のスピーチを読んだことから、「それに触れながら手紙を書いた」という。さらに、「当時、いわゆる『死の灰』の事件が日本にあった。つい筆がそれて、そのことにも触れた。触れたくなるようなスピーチなのでもあった」と記している（高見 二一七）。これはもちろん一九五四年三月一日に起こった、遠洋マグロ漁船、第五福竜丸の被爆を指している。太平洋のマーシャル諸島にあるビキニ環礁で、アメリカ軍が行った水素爆弾の実験により、大量の放射能を含んだ珊瑚礁の細かいチリ、すなわち「死の灰」を浴びた同船の乗組員一人が亡くなったのは、九月二三日のことであった。高見の手紙の日付は、その訃報の二日後ということになる。

高見は随筆のなかで、「つい筆がそれて」水爆実験の話になったと書いているが、月日の経過によって記憶の書き換えが行われたか、あるいはなんらかの婉曲表現の配慮がなされたと考えざるをえない。吉野の手紙と、そこに同封された高見の手紙は両方とも、第五福竜丸の被爆の衝撃を出発点としていることが明白であり、明らかにそれが手紙の主たるテーマであるように読める。まずは吉野がフォークナーにあてた手紙の内容と構成をみてみよう。「ディアー・ミスター・フォークナー」に続けて、「日本の読者が最も愛しているアメリカの作家のひとり」に手紙を書く喜びを手短に二行で表現したあと、三行目の冒頭に、「水爆実験」という言葉が現れる。やや唐突な感じを拭えないが、まっすぐに本題に切り込んでいるとも言える。この後の五つの段落には、それぞれ次のような内容がしたためられている。第一の段落は、「ご存知のように、アメリカ軍の水爆実験は日本人に多大な衝撃と恐怖をもたらしました」という文章ではじまり、九年前の広島と長崎の原爆の傷が癒えないなかで、今回の放射能汚染が日本国民にとって深刻な影響を及ぼしていることを訴えている。第二の段落では、国内に平和を望む声が高まる一方、吉田内閣はアメリカ合衆国と組んで再軍備の方針を推し進めていると断じている。

吉野は第三の段落で初めて、「私たちの雑誌『世界』」を紹介し、「一九四五年の創刊以来、政治、経済、文化をテーマとして平和を希求し、知識人や労働者、学生から広く支持を受けている」と説明する。第四の段落に至って、『世界』の「一九五五年一月号は『現代文明の問題点』を論じる特別号」となる予定だと報告し、「高見順の手紙への返信というかたちでご寄稿くださるよう、お願いさせていただいてもよろしいでしょうか」という丁重な依頼を行っている。約二〇〇語を一一月一〇日までに返信してほしいと頼んでいるから、電子メールのない当時、この封書がランダムハウス宛であることを考えると、当時国内でいくつか講演も行っていたノーベル賞作家フォークナーにとって、いささかタイトな日程の提示といえるだろう。最後の段落では、政府の外国為替管理の問題もあり、原稿料は些少ながら四〇ドルとなるむねを説明し、お返事を心待ちにしておりますという挨拶で手紙を締めくくっている。(8)

三．高見順からフォークナーへの手紙

『世界』編集長の吉野源三郎の手紙から、フォークナーへの寄稿依頼の前景には、アメリカの水爆実験への抗議と日本政府への落胆があると読みとれるが、これを導入として、高見はさらに踏み込んだ内容をしたためている。高見の手紙は二二段落にもおよぶ長いものであるが、最初の挨拶は抜きで、書き出しからさっそく、フォークナーのノーベル文学賞受賞スピーチに対する深い共感を力強く表現している。高見の手紙は、大きく分けると五つのテーマからなり、起承転結の流れにコーダが付加されたような構成になっている。まずはノーベル文学賞受賞スピーチの復習、次に第五福竜丸の被爆の衝撃と苦悩、そして中国における自らの体験を紹介したあとで、再びビキニの水爆実験への思いを政治的文脈に沿って述べ、最後にやや情緒的な訴えと問いかけを行ったのち、熱のこもった筆を置いている。その詳

細を順に見てみよう。

高見はまず、ノーベル賞授賞式のスピーチから、フォークナーが若者に語りかける調子で話した一節を引用し、「新しい冒険をめざして野心に燃えている」「われわれ日本の作家たち」が、いかに彼の小説を熱心に読み、影響を受けたかを強調する。高見が手紙の冒頭で引用したのは、今でこそ人口に膾炙した、次のくだりである。「昨今、ものを書く若者たちは、人間の心の中に生まれる抜き差しならぬ葛藤を描くことを忘れてしまっている。この葛藤こそが優れた作品を生み出すのであり、唯一この葛藤こそが、七転八倒して文章を紡ぎ出すに値するものなのです。」[9] この有名な一節を引用しつつ高見は、これに先立つフォークナーの警告を絶妙なニュアンスで解釈し、日本の抱える問題の文脈に引き寄せて、自らの主張のための布陣を敷く。その手続きを高見は、どのように進めているだろうか。

フォークナーはスピーチの最初のほうで、人間の心の中を問題にするよりも、物理的な外的世界のクライシスに焦点を合わせがちな現代社会の傾向をとりあげ、それこそが核の時代の悲劇であると示唆しているのだが、高見はこの部分をとらえて、ノーベル賞作家から新進作家への警鐘であるとあえて解釈する。そのうえで、「いつ吹き飛ばされてしまうのかという恐怖」に苛まれると、心の葛藤の問題がなおざりになってしまうとするフォークナーの言葉を受けて、「私たちはすでに二回、核爆弾によって『吹き飛ばされて』いる」のであり、「私たちの恐怖は、単に漠然とした想像ではなく、悲惨な実体験に基づいたもの」なのだと主張する。[10] 端的にいえば、自らを卑下しつつも開き直り、相手をこちらの土俵に引き込もうと試みているのだ。「私たちは、あなたの作品の新しく偉大な文学スタイルに魅了され、それを真似ようと必死になる」あまり、人間の心の問題を掘り下げて比類なき作品を生み出した、「あなたの内なる力」を十分に理解できていない。したがって、「表面的な読者」であるにすぎない。そう卑下しつつも、心の問題を扱えていない原因は、文字通り「核爆弾に吹き飛ばされてしまった」ためだと半ば開き直る。そうしておいて、日本の現状へとフォークナーの関心を誘う、優れた論法である。これを高見の手紙の「起」とすれば、次の「承」の部分において、原爆の恐怖を上塗りする水爆実験の衝撃が語られる。

高見はこの一九五四年九月の手紙のなかで、一九四五年の終戦時に経験した被爆の惨状が、九年後の現在、「さらに強い恐怖」として再来したこと、またこれは「漠然とした想像による恐怖ではなく、現実に起こった具体的な恐怖」であり、「人類のカタストロフィ」にほかならないことを繰り返し述べている。禁止区域の外で操業していたにもかかわらず、漁船の乗組員全員が「死の灰」に晒されたことを強調したうえで、ビキニの水爆実験にともなう放射能の雨による被害が、日本国民全体を暗澹たる気持ちに陥れていると綴る。さらに、これが日常的な恐怖であることを具体的に示すべく、漁師が命懸けで港に持ち帰った、日本の食卓に欠かせない南太平洋のマグロが、放射能汚染により大量に廃棄されていることを記し、水素爆弾に対する日本国民の強い嫌悪感への理解を求めている。その締めくくりとして、広島では戦後一〇年が経過した今でも、原爆の後遺症で多くの人びとが命を落としていると報告している。

ここで高見は話を転じ、中国における自らの体験を語りはじめる。太平洋戦争末期の漢口(11)で、彼は忘れ難い光景を目にしたという(12)。高見は「人間の惨状」という表現を繰り返し用いて、この体験を書き綴っている。それは、港に停泊した船の荷下ろしの現場で見た出来事だった。労働者が列をなして、塩の入った大きな袋を次々と倉庫へ向かって運んでいるところへ、襤褸をきた女性や子供たちが押し寄せ、袋の穴からこぼれ落ちる塩を箒で掃き寄せて拾っているのである。これはどういう状況かと、同行の中国人作家に尋ねたところ、次のような答えが返ってきたという。女性や子供たちは、泥にまみれた塩を家に持ち帰って水にとかし、煮詰めることによって食塩を得る。中国の内陸部では塩は貴重品であり、日本軍の占領下で困窮している人びとにとって、この方法が命綱となっている。ただし、誰でもこの泥にまみれた塩を回収できるわけではない。これは、塩を運ぶ労働者の家族のみが享受する特権となっている。すなわち、労働者はわざと袋に穴をあけ、自分の家族に「おこぼれ」を拾わせているのだ。この説明を聞きつつ高見が観察していると、監視役がやってきて女性や子どもたちを縄の鞭で叩いて追い回し、その企みを阻止するのだった。「この光景をみて私の心は痛みました。これは日本軍の統治の悪さが招いた惨状なのです。しかも間違いなく氷山の一角に過ぎませんが、占領下の中国で日本軍が犯した罪の一端を十分に示しています」と高見は告白する。この光景に接し、人間の惨状が心に及ぼす影響をこそ、中国の作家は書くべきであると高見は考えた。今、目の前にある惨状を文学において永遠に刻印することが、作家の義務ではないかと、高見はフォークナーに問いかける。

手紙の結びの部分に至って、高見はついに、水爆実験に対する抗議への賛同を婉曲的に求めるそぶりを見せる。水爆の恐怖と被害は、日本人に課せられた罰なのだろうかと自虐的に問うたあと、アメリカでは被爆した漁船がスパイ行為をしていたとか、被害を誇張しているとかいう意見が出ていると聞くが、「カタストロフィを生む水爆実験は、これ以上行うべきではないと考える人も、少しは、あるいは、おそらく沢山いるかもしれません」と書くのである。そのうえで、フォークナー自身の言葉を引用し、水爆の被害を矮小化するような心ない意見は、「むなしい勝利であり、慈悲と共感を伴わない」最悪の勝利なのではないかと畳みかける。さらに、伏線をはっておいた暗喩を用いて、吉田内閣を痛烈に批判している。すなわち、日本政府の行動は、漢口で見た監視役の振る舞いそのものであり、日本の将来は暗いと断じている。ここに至って、悲惨な状況にある国民に鞭を奮うような国家の行く末を憂う、作家のヒューマニズムが浮き彫りになる。また、相手の言葉を最大限に活用して、自分の立場を表明し、相手の共感と支援をとりつけるという戦略的な流れが、鮮明に読み取れる。いわば相手の土俵で相撲をとりはじめ、よそ見を誘導しながら、自然に相手を自分の土俵に引き入れようという滑らかな流れである。このように、作家としての巧みな構成力を大いに発揮した高見であるが、最後のコーダにあたる部分では、むしろナイーブな一面をのぞかせ、初々しいほどに直接的な感情を前面に出して、ノーベル賞作家に本質的な質問を投げかけている。

手紙の最後で、高見は念を入れてもう一度、「人間の心の中に生まれる抜き差しならぬ葛藤」の問題に回帰する。フォークナーが強調する内的な「心」の問題の重要性は十分認識しているけれども、「現在の自分は、外的な世界の圧倒的な悲惨さに目を奪われ、心が乱れきっている」と告白するのである。これに続き、生徒が先生に尋ねるような様子で、このように問いかける。

　私は日本人として、日本の国を愛しています。それは、アメリカ人がアメリカという国を愛するのと同じです。私は、文学を愛するのと同じくらい、日本を愛しています。そして、私の国の人びとが苦しんでいるのを見て、悲しまずにはおれません。私は自分の国を大切に思っています。それは、私が全人類のことを大切に思っているのと同じです。ですから私は、自分の国の人びとの惨状が悲しいのです。なぜなら、それは人類の惨状であるからです。この心の苦しみを抱えて、日本の作家である私には、何ができるでしょうか。何をすべきでしょうか。もし、私たちにご教示いただけましたら、幸いに存じます。

高見は、フォークナーがスピーチの中で効果的に用いた「心」というキーワードを連呼しつつ、師の教えをうまく実践できない生徒を演じる。しかもそのふがいなさは、アメリカ合衆国によって引き起こされた、日本国内の惨状に起因するものだということを巧みに示唆している。起承転結の流れのなかで、計画的かつ雄弁にその論理を展開してきた高見が、最後のコーダの部分で、情緒に訴えつつ「哀れさ」ないしは「ヘルプレス」な波長を前面に出しているのも、理論武装のほころびを装い、あえて隙を見せるという極めて効果的な身ぶりと受け取れる。ヒューマニストとしての文学者フォークナーの心をつかまえて離さないという勢いである。

フォークナーの心をつかむ仕組みの一端として、高見が用いた中国での体験談は、重要な役割を果たしている。この中国でのできごとは、強い政治的権力をもつ側の人間として、占領下の中国人の惨状に心を痛めたという高見の個人的な経験を示すものである。しかしその後、敗戦国となった日本で、高見はまさに、占領下の日本人という立場に置かれることになる。戦時中の中国対日本の関係と、戦後の日本対アメリカの関係という相似的な図式を描くことによって、高見は同時に二つのメッセージを発信することに成功している。まず第一に、現在はアメリカの核の傘下にある日本が、過去には極東で優位に立っていたことを暗に示すことで、謙遜と卑下の装いの背後に、プライドの堅持という足場を確保している。第二に、自分は占領者と被占領者という二つの立場を視野に入れた、複眼的思考を駆使できる者だということを示し、その立場から「心」の問題を十分に理解していると強調することによって、フォークナーの同志の資格を確保しようとしている。モダニズムの技法を駆使して、南北戦争後の複雑な人種関係と心の葛藤を描き出したフォークナーにとって、複眼的思考と複数の視点による作品構成は、自家薬籠中のものだからである。

「人間の心に宿る普遍的真実」というフォークナーの言葉を要所で引用した高見は、この手紙の成功を期待していたに違いない。高見の手紙を単体で読むと、そこからは、文学上の同志あるいは先達たるフォークナーの後ろ盾を得て、水爆実験の問題への抗議の声を高めたいという意図がうかがえる。この手紙はいわば、人類の平和と永続的繁栄を説く、世界的に著名な作家の賛同を得て、その言葉を政治的に活用する野心的な試みとも受け取れるのである。

四．フォークナー来日の年の『世界』にみる日本の言論

高見順がノーベル文学賞作家フォークナーに出した手紙は、岩波の雑誌『世界』の企画の柱になるはずだった。しかし残念ながら、そうはならなかった。随筆「フォークナーの印象」のなかで高見は、その結果を次のように淡々と記している。「私の手紙は『世界』の編集部の手で翻訳されて氏のもとに送られたが、氏からは返事が来なかった。だから『世界』には私の手紙ものらなかった」（高見 二一七）。

高見は「ナシのツブテだったことに対して」の不満を決して表に出さないのだが、心残りであったことは間違いないだろう。その思いは、手紙の翌年に実現した、フォークナー訪日の際の対談に滲み出ているのだが、その内容を論じるに先立ち、高見の手紙が出された文脈、すなわち、岩波の『世界』の企画が、実際にはどのように実現し、どのような特集になったのかを確認しておこう。この『世界』の誌面は、フォークナー来日当時の、日本の言論の傾向の一端を示すものでもある。(13)

第二次世界大戦の敗戦からちょうど一〇年目にあたる、一九五五年の一月号の企画は、「往復書簡　明日の文化を創るために」と題され、二組の往復書簡が掲載された。そのまえがきとして、企画構想の背景が次のように記されている。

「見えざる出席者・世界の世論」が大きな影響力を与えたといわれるジュネーヴ会議は、インドシナから戦火を消し、世界は第二次世界大戦後初めて、地上に戦火を見ない新年を迎えようとしている。二つの体制の平和的共存は、もはや観念ではなく、現実の問題として、人類共通の切実な関心事となった。しかし、一方では、ビキニの水爆実験によって明らかな如く、力による政治の方向も改められてはいない。こうした条件の中で、人類が国際緊張の緩和の為に熱心に発言し、行動して、一九五五年を、決定的な平和の年、後年記憶さるべき輝かしい年たらしめる為には、国際的な理解と友情が愈々深められる必要があるであろう（『世界』二〇二）。

このように平和の実現への強い意志を述べたあと、「本誌は、かかる見地から、新年号の特別企画として、日本の知識人と各国の知識人との意見の交換を計画」したと説明し、まえがきを締めくくっている。当初、何人の作家がこの企画に協力したのかは定かでないが、「そのうち返信のあったもの」は、中島健蔵からイリヤ・エレンブルクへの手紙[14]と、杉捷夫からヴェルコール[15]への手紙だけだったということになる。この二組の往復書簡においても、高見順の手紙同様、日本の知識人の側は率直な問いかけを行っている。自国の行く末について方向性を見定めながらも、悩める心の葛藤を告白し、他国の「代表的知識人」に問いかけることによって、自らの考えの強力な援護を求めたいという姿勢を示している。

二組の往復書簡の切り口はそれぞれに異なるが、いずれもビキニ環礁における水爆実験への言及が含まれ、その返信には、送り手の求めた援護が見事に含まれている。中島健蔵はエレンブルクに、「民族的な風俗習慣と、封建的な古い考え方の残存とをどう切りはなすか」（二〇三）という問いを投げる。「戦争前は民族主義と軍国主義とが密接に結びついて」いたことから、戦後、「日本の進歩的な文学者」は「封建的な認識や道徳」からの解放をめざし、「民族的な伝統に対して否定的な態度をとって来た」が、文学は「民族性のあらわれを表現しなければ」ならない（二〇四）。「このような悩みは日本独特のものなのだろうか。」「もちろん、われわれ自身が解決しなければならないことですが」（二〇五）と前置きしつつ、中島はエレンブルクに意見を求める。これに対してエレンブルクは、真摯かつ明快な返答を寄せている。「わたしは民族的性格をなくした文化の存在を信じません」（二〇五）と断言したあと、民族文化をしっかり根の張った樹木になぞらえ、「樹木の枝はあらゆる垣根をこえて伸び、庭の持ち主ばかりでなく、あらゆる行人に青々とした日陰と果実をめぐむのです」（二〇六）と答える。そのうえで、文化と物質的繁栄を区別し、「原子爆弾や水素爆弾で他国民をおどしつけているだけに、危険な思い上がり」（二〇七）だと、アメリカへの批判を滲ませる。

杉捷夫とヴェルコールの往復書簡では、平和のための共同戦線に協力してほしいと、杉が呼びかける。杉は、「水素爆弾の脅威の前に［……］弱い声をはりあげずにはいられません」と述べたうえで、「あなたが我々日本の知識階級の者に、平和戦線についてのあなたの考え、なかんずく、作家及び知識人としてのあなたの行動をお知らせ下さるならば［……］大変ありがたいことに存じます」（二一〇）と綴る。これに対してヴェルコールは、「ナチズムという光線、をあてられて」「カトリック者のモーリヤック、共産主義者アラゴン、自由思想家ヴェルコールがナチにならないために互いに一致した」が、その後「袂をわかった」ことを取りあげ、その理由を次のように説明する。「幸いにして、時に、人間は、そうでありたくないと思うものについて一致することが」あるが、「自らそうでありたいと思うことについて、意見が一致しない」ものである（二一二）。

この『世界』の特別企画にフォークナーからの手紙がもし寄せられていたとすれば、彼が高見の問いにどう回答したのか、想像を逞しくせずにはおれない。しかし同時に、返信がなかったことに奇妙な安堵を覚える側面もある。高見が出した手紙は中島や杉のそれに比べ、分量や構成において、より規模が大きくかつ緻密で戦略的なものであった。水爆実験に対する脅威を出発点として共有しながらも、高見の手紙はやや毛色の異なるものであった。その挑戦への答えを出すには、狭い誌面におさまらない時間と空間、またさらに、アメリカを代表する「知識人」としてよりもむしろ、「人間フォークナー」として直に対面する機会が必要であっただろう。そしてその機会は、九か月後に訪れる。フォークナーが日本の「知識階級の者」たちにメッセージを発する最初の大きな機会が、来日時の直接対面によるものであったことは、かなり重要である。戦後一〇年というタイミングでの来訪が、日本のフォークナー研究のみならず、アメリカ文学研究の将来に与えた影響は多義的であり、日米両サイドの視点から考察する必要がある。

五．高見順とフォークナーの対談

一九五四年九月二五日付の高見順の手紙が、ニューヨークのランダムハウス社に届いたころ、フォークナーはまだ、自分が翌年日本に行くことを知らなかった。一九五五年の二月一九日の段階でさえ、フォークナーがエルサ・ヨンソン[16]に宛てた手紙には、最近国務省関係の国際的な仕事をしており、「今度はヨーロッパに行く可能性があるが、まだ不確かで、どこになるかわかりません」と書いている（*SL* 377）。一九五五年五月一六日のハロルド・ハウランド宛の手紙によれば、フォークナーが日本行きの任務に関する電報を読んだのは、五月一五日のことだった（*SL* 380）。フォークナーはその手紙で長野セミナーへの出席を了解しつつも、日本での任務を八月はじめの二週間で終え、その旅とセットにしてヨーロッパを回ることのほうに、もっぱら関心があるようにみえる。フォークナーは、ヨーロッパでもなにか国務省の仕事がないかと尋ね、もしない場合には自腹を切って欧州滞在をするつもりだと書いている（381）。また、訪日の約三週間前の手紙では、国務省の計画に従ってこの仕事をきちんと遂行するつもりではあるが、「自分は文学者でも批評家でもない」単なる文学好きの一個人で、人間存在に興味があるというだけだと強調し、大上段にふりかぶった講演は重荷だと示唆しているようである（384）。

このような舞台裏の事情とは裏腹に、同時期の日本ではノーベル賞作家来訪への期待が高まっていた。ビキニ環礁の水爆実験、第一回原水爆禁止世界大会の開催、原爆十周年記念行事の開催[17]などに関連する新聞の見出しが注目されるなかで、前述のように「平和戦線」、日本の再軍備化阻止、不均衡な日米関係などをめぐる議論が展開する。そのような状況下で、日本の作家や知識人たちは、世界的な作家フォークナーに対し、人道的立場からの権威ある助言と支援を期待する流れとなっていた。[18]フォークナーを取り上げた一九五〇年以降の新聞記事を順にたどると、『サンクチャリー』で一躍有名となった」「第二次大戦後フランスその他ヨーロッパ文学に与えた影響」「長野で開かれる米文学セミナーの特別講演者」「ノーベル文学賞、ピューリッツァー賞受賞作家」「アメリカ現代文学の巨匠」「『人間性探究』を題材とする特異な作風」「『文学の運命』の理解者」などのキーフレーズが容易に収集できる。[19]フォークナーの実像と、日本側の期待や価値観との乖離は深刻であった。両者の間に横たわる、深すぎて埋まらないその溝に臨時の蓋をかぶせるべく、彼が飲酒という馴染みの手段に頼ったことは想像にかたくない。フォークナーと同じく、国務省の人物交流プログラムで一足先に長野に来ていたゲイ・アレンだけは、自称「農夫」を強調するフォークナーの身ぶりの奥にある、過剰な自意識と気後れを感じ取っていた。[20]いずれにせよ、言語で壮大な世界を構築することを旨とするフォークナーが、「意味が謎であるだけでなく、文字の見かけも謎」(*FN* 179)である日本語の世界に投げ出されたことは、物理的にも精神的にも、意思疎通の相当な障壁となったことは間違いない。

しかし、実際にフォークナーと対面した日本の作家や研究者、長野セミナーの参加者たちは、戦勝国アメリカを代表する作家に対して抱いていた先入観と、目の前の小柄な南部人とのギャップを目の当たりにし、そのことがかえって好感へと転じる結果になった。セミナーの参加者の一人だった龍口直太郎は、八月一〇日の信濃毎日新聞への寄稿「人間フォークナー」のなかで、自分の固定観念が鮮やかに覆された快感をユーモラスに綴っている。龍口は、フォークナーの「近づきがたい」印象が見事に裏切られたと書き、彼の「話の末尾が鼠の尻尾のように、スルスルっとテムポに消えてゆく」様子をとらえて、「ハニカミ屋さん」と評している。(21)

高見順の見方にも、龍口と同様の変化が生じていた。フォークナーの訪日後、いち早く二回の対面を経験した高見は、フォークナーの「人柄は、戦後の日本に氾濫したアメリカ人が私たちに与えた、アメリカ人というものの印象とは全く逆だった。更にまた、『サンクチュアリー』の序文の冒頭［……］からちょっと想像される、人を食ったような態度とはおよそ逆のものだった」（高見 二一六）と感じ、フォークナーに対する認識を新たにする。また対談の印象として、「静かにビールを傾け」るフォークナーの姿に触れ、「ハニカミ屋の氏は、人に会う時は、酒が入っていないと具合が悪いらしい」と解釈し、「私より背が低い」彼の、「静かな偉大さ」に感銘を受けている。(22)

しかしながら、フォークナーとの対談に臨んだ高見には、わだかまりがあった。前年に出した手紙の返事をもらえなかったことが、心に引っかかっていたのである。高見はこの件について、次のように書いている。「私は氏との対談のとき、この手紙のことを尋ねてみようと思った。読むことは読んだのか。それだけでも聞いてみようと思ったが、私の文学上の質問に実に誠実な答えをしてくれる氏と対座しているうちに、そんなことは聞く気がしなくなった。返事をよこさなかったことを咎める感じになりそうで、聞くのをやめてしまった。私の弱気のせいというより、フォークナー氏とはそういう人柄だったのである」（高見 二一八）。高見が尋ねなかったことにより、フォークナーが手紙を読んだかどうかは、わからないままとなってしまった。[23] しかし興味深いことに、高見の手紙に対するフォークナーの回答は、日本における二人の対談のなかに読み取れる。本稿の締めくくりとして、一年越しのフォークナーの「返事」を確認する前に、高見とフォークナーの対談の流れを見ておこう。

高見とフォークナーの対談は残念ながら、この二人の作家なら到達し得たであろう、響き合う魂のふれあいという境地には、はるかに手の届かない結果となった。高見が「文学上の質問」と呼んでいる幾つかの問いは、フォークナー自身の作品について切り込んだものではなく、両者が共通に知っている世界的な文豪について、ざっと理解のすり合わせを行うという傾向のものだった。対談の時間が短かかったので、無理もないことではある。[24] しかし、それが「文学者でも批評家でもない」と自ら強調するフォークナーに問うのに、最適の質問だったかという観点からみれば、フォークナーの自画像と、高見のフォークナー像の間には、やはり依然として解消し得ないずれがあったと言わざるをえない。高見は対談の冒頭で、『サンクチュアリ』の翻訳が出ていることに触れるが、フォークナーの作品への言及はこれが最初で最後であり、その内容には踏みこんでいない。続いて、前年の手紙の中でも引用したノーベル賞のスピーチを取り上げ、「人間の心の闘い」（『文藝』一一〇）[25] について復習したあと、フォークナーの小説の登場人物には「魂がない」とアンドレ・ジイドが評していることを挙げ、この批判に対するフォークナーの受け止め方を尋ねている。[26] その後、高見はシャーウッド・アンダソン、バルザック、フロベール、オスカー・ワイルド、エドガー・アラン・ポー、ロングフェローなどの名前を出し、その文学史上の位置付けについて意見を求めている。

対談の最後で高見は、ドライサーなどの「社会的な文学」とT・S・エリオットの「芸術的なイマジズム」を持ち出し、フォークナー文学との関係性を尋ねる。これに対するフォークナーの答え方は、大変興味深い。彼は日本の状況にも触れつつ、次のような内容の答えを返している。ドライサー（一八七一―一九四五）の時代と比べ、エリオット（一八八八―一九六五）の時代には、更なる戦争や価値観の崩壊など、社会の変動が激しかった。自分はエリオットよりもさらにあとの激動の時代に生きている。そのため、文学作品は「外的世界の問題や苦難」と無関係ではいられない。「現代の日本文学においても同じ状況」だと思う。「時代が大きく変化したので、昔ならば機能した伝統的なありかたをそのまま保持することは不可能」である。「ヒューマニストの方向性、あるいは社会派的な方向性」に向かわざるを得ない。日本文学もそのようになっていくと思う(27)。フォークナーはこのように述べて、ヒューマニストらしく、人間存在への信頼を説いて対談を締めくくっている。

フォークナーのこの最後の言葉は、極東での覇権を失い戦後一〇年を迎えた日本において、世界の新しい秩序と自国の伝統の相克を前に、進むべき方向性を模索している作家たちの心情を視野に入れたものである。その点において、あたかも高見が出した手紙に対する一年越しの返答であるがごとく、高見の心のわだかまりを解いたものと思われる。また奇しくもフォークナーの回答は、『世界』に掲載された中島健蔵の問いかけとも呼応する。

六．フォークナーと高見順の「文学遺伝子」

「フォークナー氏の印象」のなかで高見は、なぜ自分の往復書簡の相手がフォークナーになったのかということについて、「それには理由があったのだが、横道にそれるから今は触れない」と書き、理由を明かしていない。二人を結びつけたものは何だったのだろうか。[28] 中村真一郎は、高見の作品『いやな感じ』の創作方法を次のように説明している。「一時代の一世代の歩んできた半世紀の精神的歴史の記念碑を作るために、過去に向き直るという姿勢をとった。そして、この半世紀の歴史のなかのいくつかの階級、幾つかの社会集団から、それぞれ代表者を選んで主人公とした長大な長篇を、次々と完成していき、それらの総和から、一つの歴史的壁画を作り上げる。そして、それらの物語相互のあいだは、いわばバルザック的な『人物再現法』を採用して繋ぐ、というのが氏の計画である。[29]」この記述は、うっかりすればフォークナーの作品解説と錯覚しかねない。つまりフォークナーと高見は、バルザックという共通の「祖先」を通して「文学遺伝子」ともいうべきものを共有していたのではないかとも思える。

訪日の二年後、フォークナーは、ヴァージニア大学に在住作家として招待された。在任期間中、一九五七年四月の質疑応答で、「日本の若い作家は、アメリカの若い作家と共通の問題意識をもっていましたか」と尋ねられた時、彼はこのように答えている。「たしかに共通するところはあると思います。でも私は、日本人の琴線に全く触れることができませんでした。みんな英語は話すのですが。それは、まるで二人の人間が、窓ガラスの向こう側とこちら側に分かれて、互いに全速力で走っているような感じなのです」(*FU* 89)。いかにもフォークナーらしい、視覚的でユーモラスな比喩である。フォークナーの住むローワン・オークの屋敷の窓ガラスは、日本でいう昭和のガラスである。ガラスの製造技術の発展途上ゆえに、ゆらぎや歪みが生じている。窓ガラスを通すと、向こうの様子がクリアには見えず、ゆらゆらした感じになる。フォークナーは、日本の作家たちとの対面コミュニケーションのずれを明確に認識していた。

フォークナーはまた、学生からこのような質問を受けた。「他の国の作家と話したときに、満足のゆく会話ができましたか。」これに対し、彼はこう答えている。「あまり、そうはいきません。でも、作家というものは、果たして、他の作家と満足のゆく会話ができるものなのでしょうか。何が言いたいかというと、作家というのはたいてい、自分が抱える内的衝動に耳を傾けて、執筆するのに必死なのです。ほかの作家と文学談義をする余裕はあまりないのです。［……］実際、作家同士はあまり、共通点もありません。というより、ただ、同じ内的衝動に突き動かされているのです」(159)。

「内的衝動」に従い、孤独に自己と向き合う執筆という仕事を通して、作家同志の魂が深い層で響き合う。フォークナーの言葉は、そのような作家同士の、精神的な繋がりの可能性を示唆しているように思われる。フォークナーの日本来訪は、彼を迎えた日本の作家やセミナー参加者の固定観念を良い意味で覆した。しかも日本側の人びとは、従来の先入観を捨てるにあたって、その際に得た好感ゆえに、新しいフォークナー像を自分の側に引き寄せすぎてしまったきらいがある。「ファーマー」という自称を半ば文字通りにとらえ、「ハニカミ屋」で謙虚な、晴耕雨読の人、というフォークナー像を形成したのである。[30] このことは、相互理解の確立という幻想を生みがちである。だが実際はフォークナーにとって、日本はやはり極東の異国であった。日米双方の対面コミュニケーションは、微妙にずれたままだった。しかしながら、表面的なずれや歪みとは別の次元において、作家としてのフォークナーと高見はやはり、同じ水脈を共有している。フォークナー自身には思いもよらぬことだろうが、やはり両者は特別な「因縁」で結ばれていたと考えたくなる。逆説的な言い方になるが、齟齬と錯覚と幻想の複合を推進力として、一九五五年という年は、日本のフォークナー研究にとって、「後年記憶さるべき輝かしい年」となった。

注

（1）Southeast Missouri State University, Center for Faulkner Studies, Brodsky Collection, F027, TLS, 1p. 1955 Aug 24.SL 385. フォークナーが日本を離れた翌日の、八月二四日水曜日付の手紙。（資料分類番号は二〇〇九年の時点のものである。）

（2）"Sakairi-san"（サカイリキョウコ）は、ピコンのスタッフの一人だった（Williamson 298）。

（3）「〝日本文化に深い敬意〟フォークナー氏、けさ来日」『朝日新聞』一九五五年八月一日。「グレイの背広でトランクを下げた小柄な同氏は米大使館の人物交流部長ドナルド・レイナード氏、同広報部長クレメント・ハード氏らに迎えられ」「六日から一七日までセミナーで特別講演の予定」と紹介している。

（4）フォークナーは来日の翌日に体調を崩し、外国人記者クラブでの会見をキャンセルせざるを得なかった。その際、レオン・ピコンが会場に出向いて、「ゲストは暑気あたりのため出席かなわず」と陳謝したが、記者からは、その暑気というのは、「缶入りか瓶入りか」という質問が飛び出したという。フォークナーの飲酒癖を踏まえた皮肉である。ブロットナーは、一九五五年当時、飛行機での長距離移動が身体に及ぼす影響、いわゆる時差ボケについての情報が一般的に不十分であり、来日直後のフォークナーのスケジュールにその配慮が行き届いていなかったことを示唆している（Blotner, 1544-45）。

（5）「きのうきょう――フォークナー氏」『朝日新聞』一九五五年八月六日。「話の合い間にビールを飲み、そしておつまみのせんべいを気楽につまんで、ポリポリと食べていた」姿の中に、「真の偉大さが輝いていた」と高見は書いている。

（6）「フォークナー氏の印象」（『高見順全集第一六巻』）のなかで高見は、フォークナーとの対談が懇談の数日後であったかのように書いているが、実際は翌日だった。また、「氏がノーベル賞を受けた年か翌年かに手紙を出した」とあるが、実際は受賞から四年後の一九五四年に出している。のちに回顧して書いたことが原因と思われるが、年月の経過により正確な時系列は忘却しても、重要な出来事だけは刻印されるという記憶の性質を考え合わせれば、この手紙とノーベル賞受賞との関係が深いことが推察される。

（7）Southeast Missouri State University, Center for Faulkner Studies, Brodsky Collection, Box1630, F032. TLS.1p. 1954. Sep 22. Yoshiro [sic] Genzaburo. TLS, 3p. 1954 Sep 25. Takami Jun. 本稿における高見順からの手紙の引用は、ブロッキー・コレクション所蔵の英文手紙からの拙訳である。（資料分類番号は二〇〇九年の時点のものである。）

（8）高見からフォークナーに宛てた手紙の日付と丁度同じころ、一九五四年九月二一日に、フォークナーは短編「朝の狩り」（"Race at Morning," 1955）を仕上げてハロルド・オーバーに送っている。オーバーは二日後にこれをサタデイ・イヴニング・ポストに送ったが、その原稿料は二、〇〇〇ドルだった。

（9）"SPEECH AT STOCKHOLM — On the Occasion of His Receiving the Nobel Prize" (*FN* 204-05) "...the young man or woman writing today has forgotten the problems of the human heart in conflict with itself which alone can make good writing because only that is worth writing about, worth the agony and the sweat." 本稿の引用は拙訳による。

（10）トリートは、ノーベル文学賞受賞スピーチにおけるフォークナーの言葉 "There are no longer problems of the spirit. There is only the question: When will I be blown up?" を引用し、核の時代の脅威が人間の心理に及ぼす影響をフォークナーほど簡潔に、しかも多数の聴衆にむけて表現した者はいないと述べている（Treat 16）。

（11）漢口は、中国華中地方フーペイ（湖北）省の首都ウーハン（武漢）特別市の、北西に位置する。一九五〇年に合併してウーハン市となった。一八五八年に開港し、上海に次ぐ貿易港となった。（ブリタニカ国際大百科事典〝ハンコウ〟）

（12）高見は一九四一年、「他の多くの作家とともに徴用令を受け」てタイに入り、翌年ビルマで報道班員に配属された。一九四三年に帰国するが、一九四四年六月、再び陸軍の徴用令により報道班員として中国に赴き、「主として漢口と上海に滞在」した。『日本の文学五七　高見順』（中央公論社、一九五六年）、五二六頁。

（13）中島健蔵「明日の文化を創るために――往復書簡」『世界』一〇九（岩波書店、一九五五年）、二〇三-二一三頁。同号には、巻頭に「特集　日本の将来と日本の文化　一九五五年・世界と日本」が組まれていた。本稿では『世界』からの引用の際、旧字体を新字体に直して表記している。

（14）イリヤ・エレンブルク（一八九一-一九六七）はソ連の作家。スターリン平和賞受賞。

（15）ヴェルコール（一九〇二-一九九一）はフランスの小説家、画家。本名ジャン・ブルレーリュ。『夜の武器、昼の力』（新潮社、一九五三）は杉捷夫の訳による。

（16）フォークナーはノーベル賞授賞式に出席した際、スウェーデン在住のエルサ・ヨンソンに会っている（Williamson 281）。

（17）フォークナーの長野滞在中、次のような記事が地元の新聞に掲載されている。「全市静まる〝魔の時刻〟〝原爆記念〟一色の広島市」『信濃毎日新聞』一九五五年八月七日。

（18）フォークナーの「老賢者」「素朴な農夫」のペルソナについては、森有礼「日米における国民作家フォークナーの創生――*Faulkner at Nagano* からみる外交戦略とその受容」（『中京英文学』第四一号）二頁参照。

（19）『朝日新聞』一九五〇年一一月一一日、同一二日、一九五五年七月一八日、同八月一日、同四日。

（20）「フォークナーとともにニューヨーク大学J・ウィルソン・アレン教授のセミナー参加も予定されている」（『朝日新聞』一九五五年七月一八日）。"Then the realization dawned upon me that he was actually afraid of us. I had heard of his shyness, and knew that he posed as uneducated, but suddenly I could see that he was extremely self-conscious before 'university professors,' although each of us regarded him as the greatest living American writer." (Allen 120-122)

（21）「人間フォークナー」『信濃毎日新聞』一九五五年八月一〇日。記事には竜口直太郎と表記されている。「現代の一流作家のうちで、彼ほど近づきがたいといわれている人間もいないだろう。」「いろいろの本によって描き出されてきた人間像とはかなりちがった姿であることを、私はまず日本におけるフォークナーの愛読者諸君にお伝えしたいと思う」「上背は五尺三寸から四寸くらい、やや肥り気味の、素朴なアメリカの農園主といった感じである。」「『わたしはたまたま折りに触れてものを書く百姓』であるという謙虚さ」「低い、しわがれ声で自分のいうべきことを早くいってしまって、静かな孤独にかえりたい、といったハニカミ屋さんなのであろう。話の末尾が鼠の尻尾のように、スルスルっとテムポに消えてゆく。」

（22）高見順「きのうきょう――フォークナー氏」『朝日新聞』一九五五年八月六日。

（23）一九五四年、フォークナーは九月一〇日までにニューヨークのアルゴンキンホテルに入り、約一か月、仕事をしている。この間、"Race at Morning" を仕上げ、ジーン・スタインとも会っている（Blotner 1518）。一〇月上旬か中旬ごろまで滞在したあとオクスフォードに戻ったと見られる。高見の九月二五日付の手紙が実際には何日に投函されたのか不明であるが、手紙はフォークナーがニューヨーク滞在中に、ランダムハウスに到着している可能性もある。

（24）ブロットナーによれば、四五分間の対談であった（Blotner 1547）。

（25）ノーベル賞受賞演説の中の一節 "human heart in conflict with itself" (*ESPL* 119) を指して、『文藝』では「心の闘い」という日本語を当てている。高見の対談には英語版（*Faulkner at Nagano, Lion in the Garden*）と日本語版（『文藝』）がある。『文藝』のものは英語版よりも短い。『文藝』では、一部質問と回答をまとめたり、おそらく日本の読者の理解を助けるために、回答の途中に要約を目的とする「合いの手」を挟んだりしている。本稿では、高見の言葉については和文を引用し、フォークナーの言葉については *Faulkner at Nagano* の英語版の拙訳を用いている。

（26）「実に誠実な答えをしてくれる」（高見 二一八）と高見が書いているとおり、フォークナーはジイドに関する問いについても、次のように答えている。「そうですね、遺憾ながら、登場人物に魂がないのは、登場人物のせいではなく、私が悪いのです。私は魂を描くことができないのだろうと思います。私から見れば、登場人物には魂があり、私としては一所懸命に、人間の魂が自身の悪の部分と葛藤している様子、あるいはその魂と自身の置かれた環境との相克を描いたつもりなのですが。もしそれがうまくできていないとすると、悪いのは登場人物ではなく、私だということです」(*FN* 14)。ここでフォークナーは、「心」("heart")という単語を「魂」("soul")に変えて、ノーベル文学賞受賞スピーチと同じ表現を用いている。高見自身が重要視するフォークナー文学の特質について、フォークナー自身が「うまくできなかった」と説明する流れになってしまっているのは、ある意味でユーモラスでもある。このやりとりは、両者が共通する文学的資質をもちながらも、表面的なコミュニケーションにおいては、ずれが生じていることを示す一例である。

(27) 高見による『文藝』の和文記事と *Faulkner at Nagano* の英語の記録を比べると、高見の質問「両方の総合の上にたっておられるような気がするんです」(『文藝』一一二)がうまく伝わっていない可能性がある。すなわち、ドライサーとエリオットの両者を融合するかたちでフォークナーを位置付けようとした高見の考えが、フォークナー側には単に、ドライサー、エリオット、フォークナーという単線の時系列の流れに関する問いとして伝わった可能性がある。

(28) 作家としての国際的な活動という意味では、フォークナーは一九五四年に南米ブラジルでの国際作家大会に出席し、高見順は戦時中の一九四四年、長与善郎や火野葦平、阿部知二らとともに日本代表として、南京で開催された第三回大東亜文学者大会に出席している。高見は一九四三年、文学報国会の審査委員にあがっている(「海外へ〝日本の姿〟枢軸、中立国に文学の贈り物」『朝日新聞』一九四三年五月二七日)。また、第三回大東亜文学者大会の議題は「米英文化の査問」であった(「大東亜文学者大会　米英文化を査問」『朝日新聞』一九四四年九月一六日)。

(29) 中村真一郎は、「人物再現法」を次のように説明している。「『人物再現法』というのは、一方の小説の主人公が別の小説の主人公として再登場し、人物たちが幾つかの小説のあちこちに顔を出すことで、それぞれの小説にいわばひとつの社会であるかのような幻想を与えるというやり方である」(中村　五〇九)。

（30）大岡昇平は八月三日のフォークナーとの懇談会の所感を次のように記している。「今や正に日本から消え失せようとしている古風で、善良で、はにかみ屋で、ひたむきな文学者の型を新来のアメリカの一流作家に感じたのは異様な経験だった。」（『朝日新聞』一九五五年八月四日）

引用文献

大岡昇平「フォークナー氏　日本の作家と語る『文学の運命』の理解者」『朝日新聞』一九五五年八月四日。

高見順「きのうきょう――フォークナー氏」『朝日新聞』一九五五年八月六日。

――「対談現代文学史　私の文学観　W・フォクナー」『文藝』一二（河出書房、一九五五年）、一一〇－一三頁。

――「フォークナー氏の印象」『高見順全集　第一六巻』（勁草書房、一九七一年）、二一六－一八頁。

竜口直太郎「人間フォークナー」『信濃毎日新聞』一九五五年八月一〇日。

中島健蔵「明日の文化を創るために――往復書簡」『世界』一〇九（岩波書店、一九五五年）、二〇二－一二三頁。

中村真一郎「解説」『日本の文学　五七　高見順』（中央公論社、一九五六年）、三〇八－五二一頁。

森有礼「日米における国民作家フォークナーの創生――*Faulkner at Nagano* からみる外交戦略とその受容」『中京英文学』第四一号（中京大学英米文化・文学会、二〇二一年）、一－二四頁。

「海外へ〝日本の姿〟枢軸、中立国に文学の贈り物」『朝日新聞』一九四三年五月二七日。

「大東亜文学者大会　米英文化を査問」『朝日新聞』一九四四年九月一六日。

「全市静まる〝魔の時刻〟〝原爆記念〟一色の広島市」『信濃毎日新聞』一九五五年八月七日。

「〝日本文化に深い敬意〟フォークナー氏来日」『朝日新聞』一九五五年八月一日。

「ノーベル文学賞決る――フォークナー、ラッセル両氏」『朝日新聞』一九五〇年一一月一一日。

「フォークナー氏来日――ノーベル文学賞受賞者――米文学セミナーで講演」『朝日新聞』一九五五年七月一八日。

Allen, Gay Wilson. "With Faulkner in Japan" *Conversations with William Faulkner.* Ed. M. Thomas Inge. (Mississippi UP, 1999), 120-25.

Blotner, Joseph. *Faulkner: A Biography*. 1vols. Random House, 1984.

Faulkner, William. *Faulkner at Nagano*. Ed. Robert A. Jelliffe. Kenkyusha, 1956.

———. *Essays, Speeches and Public Letters.* Ed. James B. Meriwether. Random House, 2004.

———. *Lion in the Garden: Interviews with William Faulkner, 1926-1962*. Ed. James B. Meriwether and Michael Millgate. Random House, 1968.

———. *Selected Letters of William Faulkner*. Ed. Joseph Blotner. Random House, 1977.

Treat, John Whittier. *Writing Ground Zero: Japanese Literature and the Atomic Bomb*. U of Chicago P, 1995.

Williamson, Joel. *William Faulkner and Southern History*. Oxford UP, 1993.

United States Information Service. *Impressions of Japan: William Faulkner* 1955.

第三章

映画になったフォークナー――『日本の印象』とＵＳＩＳ

山本　裕子

障子に竹のシルエット。弦楽を伴う箏(こと)の調べが奏でられるなか、タイトル画面には「ＵＳＩＳ提供」、つづいて「日本の印象　ウィリアム・フォークナー」の文字が浮かび上がる――。一九五五年夏のフォークナー訪日の際、米国広報庁・米国大使館文化交換局（United States Information Agency, USIA; United States Information Service, USIS）によって、フォークナー主演のドキュメンタリー映画が製作されたことは、今ではあまり知られていない。当時は、日本の公私団体であれば、アメリカ文化センター、日米文化センター、都道府県フィルム・ライブラリーにて本映画を無料で借り、上映することができたのである。[1]

この一四分ほどの白黒記録映画は、ＵＳＩＳ東京映画部が制作を担当、米国大使館映画部配給課が全国配給した。なにしろ占領終了からまだ三年、日本には連合国総司令部の民間情報教育局（Civil Information and Education Section, CIE）による〈再教育プログラム〉の名残が全国津々浦々に残っていた。全国主要都市にあったＣＩＥ図書館は、占領終結とともにアメリカ文化センターと改称されて国務省管轄になっていたが、ＵＳＩＡの発足後はその傘下に統合され、16ミリフィルム映写機の貸し出しにより農村地帯にまで普及していたＣＩＥ映画（通称ナトコ）も、アメリカ大使館別館での管理に移行となり、名称もＵＳＩＳ映画と改められた。ＣＩＥ映画とは、占領期における日本国民の「再教育・再方向付け」プログラムの視聴覚教材であり、ＵＳＩＳ映画とは、その教育方針を継承するものであった（土屋　六六）。

ポスト占領期日本におけるＵＳＩＳ映画に関しては、土屋由香・吉見俊哉編『占領する眼・占領する声』（二〇一二年）、藤田文子『アメリカ文化外交と日本』（二〇一五年）といった重要な先行研究がある。しかし、これまでの研究の多くは、日本での受容という観点から、全体または集合体としてのＵＳＩＳ映画を検討対象としてきた。本研究では、フォークナー訪日を記録する一つの映画をめぐる歴史的文脈を丹念に読みほどくことにより、アメリカの核外交においてノーベル賞受賞「国民作家」がどのように日本に発信されたかの一端を明らかにしたい。

本章は、ＵＳＩＳ映画『日本の印象』（*Impressions of Japan: William Faulkner*, 1955）を取り上げ、アメリカの対日外交において本映画が果たした政治的役割を考察することによって、フォークナーの日本訪問の意義がいかに定義され、そして伝播されたのかをつまびらかにする。第一節では、ＵＳＩＳ映画製作の政治的背景を概観し、映画広報の目的を確認する。第二節では、日本における『日本の印象』の製作と配給の狙いを考察する。第三節では、映画部による『日本の印象』の編集を分析することで、USIAの映画広報において作家フォークナーがいかに表象されたのかを明らかにする。国家的なフォークナー宣伝の企図を、一九五五年当時のアメリカの対日外交戦略との関係から検討することが本章の目的である。

一・映画の遠景——アイゼンハワー政権と心理戦

一九五二年一〇月八日、大統領選のための選挙活動中、共和党候補ドワイト・D・アイゼンハワー——連合国遠征軍最高司令官をつとめた人気者——は、聴衆に次のように呼びかけた。

> 「冷戦」では、武器庫や軍備は使いません。そうではなく、平和と自由を維持するという価値を人々が信じるよう導くために、戦争以外のありとあらゆる手段を用いるのです。「冷戦」の目的は、領土征服でも武力制圧でもありません。我々の目的は、**もっとさりげなく、もっと広くゆきわたり、もっと完全なるもの**です。
>
> 平和的な手段によって、我々は世界に真実を信じさせようとしているのです。真実とは、アメリカ人が、世界が平和であることを、世界のあらゆる人々が最大限の個人的発展を遂げる機会を有することを願っているということです。

この真実を広めるために我々が用いる手段は、しばしば「シンリテキ」と呼ばれます。やたら難しく音節が多いからといって、この言葉にひるまないでください。「心理戦」とは、**人々の心と意思を得るための闘い**なのです。（強調引用者）

このように心理戦を人心掌握のための戦いと捉えるアイゼンハワーは、つづけて、国家政策の遂行にあたっては、最適のタイミングで最大限の効果をだすために「数十ある機関および局に、一つの全体的な戦略計画のもとで一致団結した行動をとらせる」（Eisenhower 6）ことを約束した。はたして公約どおり、翌年一月に誕生したアイゼンハワー政権においては、国家安全保障問題担当大統領特別補佐官ロバート・カトラーの「覚書」に基づいて、ピラミッド型の協働システムが整えられた。アメリカ合衆国の最高意思決定機関としての国家安全保障会議（National Security Council, NSC）の下に、企画委員会と活動調整委員会（Operations Coordinating Board, OCB）が設けられたのである。安全保障問題担当大統領特別補佐官を議長とし、主に各省庁の代表から成る企画委員会がＮＳＣに政策原案を上げ、ＮＳＣ――議長は大統領、主要メンバーは副大統領、国務長官、国防長官、防衛動員局長――が承認した政策がＯＣＢに下りる。国務次官を議長とし、国防副長官、中央情報局（Central Information Agency, CIA）長官、ＵＳＩＡ長官、国際協力局長官を主要メンバーとするＯＣＢは、その政策の調整と実行を担う（NSC, "Memorandum"）。この緊密な連携システムのもと、心理戦が〈総力戦〉として内政および外交における最重要手段として位置づけられることとなったのである。

元米国陸軍元帥として情報戦を制することの重要性を認識していた大統領の主導でつくられたのが、

一九五三年八月一日に誕生したＵＳＩＡである。ＵＳＩＡは行政部の独立部局ではあったが、国務省の指針のもと活動するように定められていた。すなわち、長官は、国務長官から外交政策について「日々の完全なる指導」（USIA, *First Report* ii）を受けたのだ。ＮＳＣの政策綱領に示されたＵＳＩＡの任務（ミッション）は次の通りである。「コミュニケーション技術をもちいた手段により、諸外国の人々に対して、アメリカ合衆国の目標と政策が、海外の人々の**自由**、**進歩**、**平和への正当な熱望**と一致していて、それらを促進することだという根拠を示すこと」（強調引用者）。任務達成のために列挙された四つの施策には、政策の趣旨説明と反米運動への対抗という直接的で「政治的な」活動のみならず、諸外国の親米化を促進するための間接的で「文化的な」アプローチが以下のように含められていた。

> 合衆国の政策とその他の世界の人々の正当な熱望には相関があることを独創的に描くことによって合衆国政府の政策と目標の理解促進をはかるような合衆国国民の生活と文化の重要側面を描き出すことによって（NSC, "Statement of Policy" 1753）

アイゼンハワー政権においてＵＳＩＡは、海外の人々の心と意思を手中におさめるための白色・灰色宣伝活動を統括指揮する司令官としての任務を帯びていたのである（同；Osgood 97-98）。

　こうして、新設されたＵＳＩＡは、海外におけるメディア戦略全般――ただし「人物交流プログラム」だけは国務省管轄のままとされた――を担い、一九五五年時点での主たる活動は、ラジオ放送、テレビ放映、出版業務、文化センター運営、官民連携、そして映画事業であった（USIA, *Fifth Review* 8-16）。同年時点において米国大使館は、海外八十か国以上二百十か所のフィルム・ライブラリーを通じてＵＳＩＳ映画を配給していた（USIA, *The Film Program* 1-3）。映画広報も、諸外国における心理戦の一環であり、大統領、国務長官ジョン・フォスター・ダレス、ＣＩＡ長官アレン・ウェルシュ・ダレス、冷戦作戦担当大統領特別補佐官Ｃ・Ｄ・ジャクソン（五四年三月三一日まで）の綿密な連携と協働のもと、ＵＳＩＡ長官セオドア・Ｃ・ストライバートが統括し、世界各地の大使館とＵＳＩＳが運営業務にあたっていたのである。ＵＳＩＳ映画とは、世界中の人々を親米派にするための人心操作の道具、もとい啓蒙教育のための視聴覚教材であったのだ。

二．映画の中景——原子力平和利用運動と文化外交

では、ＵＳＩＳ映画『日本の印象』は、いかなる心理戦の文脈において日本で製作されたのだろうか。一九五五年日本における映画製作と配給の狙いを探るには、ＵＳＩＡの活動を、原子力平和利用運動と文化外交の両面から見なければならない。

一九五三年一二月の国連でのアイゼンハワー大統領の演説「アトムズ・フォー・ピース」以降、ＵＳＩＡは原子力平和利用運動を世界規模で展開していた。ところが、ただでさえ地政学的な観点からポスト占領期の日本と強固な友好関係を築く必要性があったところに、五四年三月一日、第五福竜丸事件が起こった。つまり、米国の水爆実験による日本人船員の被爆というトラウマ的体験を経て、一九五五

年、日本は広島と長崎への原爆投下一〇年目を迎えたのである。このことは、日本においては特別に注意深く運動を展開せねばならないことを意味していた。しかし、USIS東京にとって幸運だったのは、「正当な熱望」をもつ正力松太郎の存在だったろう。いまでは「原発の父」と称される正力――CIAエージェントでもあった――は、読売新聞と日本テレビの社主という自身の立場を最大限に用いて、アメリカによる日本への原子力の売り込みを全面的にバックアップした（CIA）。読売新聞は、五四年一月一日から二月九日にかけて朝刊社会面に「ついに太陽をとらえた」と題する全三一回の原子力にまつわる連載を行っており、三月一六日に第五福竜丸事件をスクープした後も、原子力研究・開発・利用支持の立場を変えることはなかった。同年八月には、新宿伊勢丹にて「だれにもわかる『原子力展』」を、翌年五月には、米国原子力民間平和使節団を招聘して、日比谷公会堂にて「原子力平和利用大講演会」（日本テレビが生中継）を、それぞれ主催した。USIAの日本におけるキャンペーン成功を不動のものとしたのは、いうまでもなく、読売新聞・USIS主催、東京都後援により、五五年一一月から東京日比谷公園にて開催された「原子力平和利用博覧会」である。その後、各地の地方新聞社によって主催された博覧会は、十の都市をまわり、行く先々で最先端科学としての核エネルギーの恩恵を説いた。延べ二六〇万人を動員した大盛況の博覧会は、日本国民の蒙をひらいたのである(2)。

こうした政治運動を補完する役割を果たしたのが、同時並行で行われたアメリカの文化芸術や生活様式に関する発信活動である。一九五四年七月、アイゼンハワーは五五年度会計のために五〇〇万ドルの「国際問題のための大統領緊急基金」を上院議会に要求した（NSC, "The President" 1776）。いわゆる文化外交のためである。文化芸術にかかわる使節団の海外派遣や国際見本市・展示会への参加を活発にすることで、ソ連側の情報活動に対抗しようとしたのである。この基金によって五五年六月までに三〇のプロジェクトが選出、派遣先は「近東、中近東、極東」が優先された。ＵＳＩＡが作成したＮＳＣ文書には、極東地域（日本、韓国、フィリピン、台湾、東南アジア諸国）における「国際情報プログラム」が、それぞれの国と地域の外交政策に応じて、友好国との関係強化、中立国の親米化、共産主義への対抗を主たる目的として実施されたことが記されている（NSC, "Status of US Programs" 542）。文化芸術における卓越や生活の豊かさを宣伝することで、アメリカは情緒を解さない金満大国であるというソ連プロパガンダによって流布された不名誉なイメージを払拭しようとしたのだ。

この補助予算と国務省の通常予算によって一九五五年の日本に派遣されたのは、シンフォニー・オブ・ジ・エア（五月）、ウィリアム・フォークナー（八月）、マーサ・グラハム舞踊団（一一月）である[3]。一〇月から一一月にかけては、毎日新聞社の招聘により、ニューヨーク・ヤンキース球団も来日している。そして、フォークナーの来日中、くだんの『日本の印象』がＵＳＩＳ東京の映画部によって制作され、五五年一一月には日本国内で視聴可能になった。ＵＳＩＡによる『日本の印象』の製作と配給の狙いは、本作を、日本で封切りされた他のＵＳＩＳ映画との関係におくことで見えてくるだろう。

一九五五年の日本において、『日本の印象』は、どのようなＵＳＩＳ映画とともに封切られたのか。五五年四月一日から五六年三月三一日までに日本で封切られたのは、表1に示したように全部で三一タイトル。分野別にみれば、原子力が八作、思想が八作、国際関係が二作、芸術が六作、スポーツが二作、アメリカの生活が五作となる。これらのうち、日本国内で制作されたのは、網掛けで示した『原子力の恵み』、『平和の力』、『四十四の眼』、『シンフォニー・オブ・ザ・エア』、『日本の印象』、『野球親善

表１　1955年度日本におけるUSIS映画一覧（分野別の封切順）

封切年月日	USIS番号	日本語タイトル	分野
1955.06.28	587	父湯川博士	原子力
1955.07.26	584	原子力平和利用シリーズ　第一部　原子力入門	原子力
1955.08.09	585	ブラジルの原子医学	原子力
1955.09.06	588	原子力平和利用シリーズ　第二部　医学	原子力
1955.09.30	589	原子力平和利用シリーズ　第三部　農業・産業・動力	原子力
1955.10.20	555-S	原子力の恵み	原子力
1955.11.30	579	原子力を医学へ	原子力
1956.03.14	593	平和の力	原子力
1955.10.10	578	キミとボク	思想（民主主義）
1955.11.20	571	アメリカ史　第一部　新世界	思想（民主主義）
1955.11.30	572	アメリカ史　第二部　自由へ	思想（民主主義）
1955.12.10	573	アメリカ史　第三部　建国へ	思想（民主主義）
1956.03.20	576	アメリカ史　第四部　東から西へ	思想（民主主義）
1955.08.24	580	ひよっこピヨ吉	思想（反共産主義）
1955.05.31	570	労働者の味方	思想（反共産主義）
1956.02.20	569	ケアの自助計画	思想（自助精神）
1955.06.14	575	みんなでつくった道	国際関係
1955.11.10	557-S	四十四の眼	国際関係
1955.04.19	564	土の芸術	芸術
1955.07.12	574	写真家ウエストン	芸術
1955.09.20	556-S	シンフォニー・オブ・ザ・エア	芸術
1955.11.10	591	日本の印象	芸術
1956.01.10	583	画家ドン・キングマン	芸術
1956.03.14	594	ザ・ファミリー・オブ・マン　―人間家族―	芸術
1955.06.05	599	スクリーン・マガジン　第８集	スポーツ
1956.03.28	592	野球親善使節　―ニューヨーク・ヤンキーズ―	スポーツ
1955.04.05	561	カウボーイ現代版	アメリカの生活
1955.05.04	565	アメリカのみち	アメリカの生活
1955.05.08	567	音楽を楽しむ町	アメリカの生活
1956.01.30	581	成長への設計	アメリカの生活
1956.03.30	586	レクリエーションを職場へ	アメリカの生活

(注）分野は『USIS映画目録1957年版』に示された概要と分類から類推した。
（出所）『USIS映画目録1957年版』より筆者作成。

使節――ニューヨーク・ヤンキーズ』である。ごく簡単に六作の内容を概観することで、USIAの日本における映画広報の狙いを探りたい。

『USIS映画目録 1957年版』によれば、五五年一〇月封切りの『原子力の恵み』は、原子・原子力の基本概念説明に加えて、日本における放射性同位元素（ラジオアイソトープ）がどのように農業・医学・産業において平和利用されているかの実例を紹介したもので、四巻三三分である（三七）。五六年三月封切りの『平和の力』は、読売新聞社・USIS主催により、東京の日比谷公園で開幕した原子力平和利用博覧会の初日の様子を記録したもので、二巻一八分（八四）。開会式の様子が映しだされたのち、原子力研究の歴史から説き起こして概念や用語が説明され、マジックハンドや放射性同位元素の応用の実例といった展示物の紹介がなされる。五五年一一月封切りの『四十四の眼』は、春に来日した二二名のインド人女性の農村視察の記録で、三巻二二分（九六–九七）。農林省主催の「農村生活改善工夫展」などを視察したと思われる。九月封切りの『シンフォニー・オブ・ザ・エア』は、五月に来日、日本中を熱狂させた元NBC交響楽団「シンフォニー・オブ・ジ・エア」（トスカニーニ指揮）の公演を記録したもので、四巻四五分。日本各地の公演は、毎日新聞社・日本放送協会主催で行われた（五一）。一一月に封切られた『日本の印象』は、アメリカ大使館主催の長野セミナーの講師として八月に来日したノーベル文学賞受賞作家ウィリアム・フォークナーの記録映画、二巻一四分。「世界的作家らしい鋭い洞察力をもって書かれた文章がそのまま映画の解説として、流れている」（六九）。五六年三月封切りの『野球親善使節』は、ニューヨーク・ヤンキース球団が各地で行った日米親善野球試合を記録したもので、二巻二一分である。試合実況に加えて、ケーシ・ステンゲル監督の実技指導が紹介される（九二）。

さて、このように概観してみれば、一九五五年度に日本で封切りされたＵＳＩＳ映画の製作と配給の主目的が、国内製作の『原子力の恵み』と『平和の力』に代表されるように、原子力に関する知識の普及啓発にあったことは自明である。そして、同じく国内製作の『シンフォニー・オブ・ザ・エア』と『日本の印象』は、大統領と国務省による文化外交のフォローアップ活動として、日米関係の強化と親米化の促進に貢献しただろう。つまり、日本での映画広報にあたってＵＳＩＡは政策綱領に示された四つの施策を実践していたのだ。原子力、思想、国際関係についての映画は、政策の趣旨説明と反米運動への対抗を目的としており、芸術、スポーツ、アメリカの生活を主題とする映画は、親米化を促進し、アメリカを盟主とする自由主義陣営に参加することへの「正当な熱望」をかきたてることを意図していた。一見して政治とは無縁と思われる映画の配給も、原子力平和利用の推進や民主主義思想の拡散といった政治運動と対になる情報活動であったのだ。そして、ＵＳＩＡの日本における活動が決して一方通行のものではなく、日本の大衆メディアの全面協力があったからこそ成り立っていたことは、ＵＳＩＳ映画『シンフォニー・オブ・ザ・エア』、『平和の力』、『野球親善使節』の国内製作を可能にせしめた興行を主催したのが日本の大手新聞社であった事実が雄弁に物語っている。

一九五五年から一九五六年にかけて、日本における「アトムズ・フォー・ピース」運動は見事な成功をおさめた。五五年一二月には原子力三法――「原子力基本法」、「原子力委員会設置法」、原子力局を新設する「総理府設置法の一部改正法律案」――が制定。五六年一月には原子力委員会が発足、同年五月には科学技術庁が設立、双方のトップには正力がおさまった。そして何よりも、ＵＳＩＡの日本での勝利を象徴的に体現するのは、広島県・広島市・広島大学・広島アメリカ文化センター・中国新聞主催で開催された「原子力平和利用博覧会」だ。五六年の五月から六月、会場となった平和記念資料館には約十一万人の人々が押し寄せた。三週間の会期中に前年度の年間訪問者にあたる集客に成功したのである。しかも、あろうことか常設の被爆資料は、「博覧会の趣旨が変わる」とのアメリカ側の要請に応じて、近くの公民館に移設されたのだ。(4) そして迎えた八月の第二回原水爆禁止世界大会、日本被団協は、原子力平和利用を強固に支持した――「破壊と死滅の方向に行くおそれのある原子力を決定的に人類の幸福と繁栄との方向に向わせるということこそが、私たちの生きる限りの唯一の願いであります。〔……〕私たちの受難と復活が新しい原子力時代に人類の生命と幸福を守るとりでとして役立ちますならば、私たちは心から『生きていてよかった』とよろこぶことができるでしょう」(「結成宣言」)。核の脅威から原子力の恩恵へ、犠牲から再生へ――。被爆後一一年、荒廃からせめて何か建設的なものを生み出したいという広島の人々の復興にかける思いと、核エネルギーの商業利用をどうにか広めたいアメリカの思惑が合致したからこその成功だっただろう。人類滅亡をもたらす核兵器から人類共栄をもたらす原子力への転換を呼びかける「アトムズ・フォー・ピース」のレトリックは、信じがたいほどの求心力をもったのである。原子力元年といえる一九五五年、未来への希望を核のエネルギーに託した日本人の「正当な熱望」は、たしかにアメリカの国策と一致していた。

フォークナーの来日中に開催された二つの国際会議――第一回原水爆禁止世界大会（八月六日より、広島・大阪・東京）と第一回原子力平和利用国際会議（八月八日より、ジュネーブ）――は、核兵器廃絶と原子力推進の言説が共存しつつ、結局は米国主導による核エネルギーの商業利用と市場開拓が世界規模で進められた時代性をよく表している。そして、アメリカの文化芸術の優位性を世界に知らしめるために製作されたＵＳＩＳ映画『日本の印象』は、一九五五年の日本においては、原子力支持と親米化を働きかけるアイゼンハワー政権による心理戦の一翼を担ったのである。

三．映画の近影――映画部とフォークナー

ならばアメリカによる心理戦の視聴覚教材たる『日本の印象』は、ポスト占領期の日本国民にどのような教育を施したのだろうか。本映画において作家フォークナーがどう表象されたのか、ＵＳＩＳ東京映画部の編集に注目したい。そこから透けて見えるのは、ＵＳＩＡおよびＮＳＣの政策方針なのだ。『日本の印象』を監督したのはハリー・キース、脚本と声を担当したのはジャック・Ｈ・シェレンバーガーである（Schmidt 14, 26; Picon 17; Shellenberger, Inertview 5）。映像の構成は、フォークナーの日本印象記「日本の印象」に基づいており、ほぼすべてのナレーションは、フォークナーが滞在中に書いた三つの文章――「長野での講演」（Faulkner, *Faulkner at Nagano* 175-77）、「日本の印象」（同 178-84）、「日本の若者たちへ」（同 185-88）――から取られている。とはいえ、当時日本に駐在していたＵＳＩＡ職員のインタビューや回想録からは、この「記録」映画が、入念に演出され編集されたことがわかる。

本映画の構築性は、それと明示されることなく作品中で用いられている数々の再現映像からも明らかである。[5] フォークナー自身が再演する場面を見てみよう。『日本の印象』は、同名のエッセイと同様に日本到着から始まる。滑走する飛行機が轟音とともに真正面から迫りくる。「パンナム」ではなく「ノースウエスト」の文字が確認できる機体は、撮影のためにノースウエスト航空から借りたものだ。タラ

ップから一般旅行者にはさまれてノーベル文学賞受賞作家が降りてくる。空港ロビーに到着した文豪は、報道陣にあっという間に囲まれ、矢継ぎ早の質問を浴びせられるのである。大使館職員と家族が旅行者を演じ、現地採用の交流局職員が記者に扮した。羽田空港での到着シーンは、出立の日に撮影されたものなのだ。また、映画の終わり近くでは、長野市内から車で農村の視察に向かう作家が映し出される。座席にフォークナーを乗せ、人の手で車ごと揺らし、山道をゆく疾走感をだすために木の枝をリズミカルに振って彼の顔にかかる影をつくったのだという（Shellenberger, "William Faulkner" 10）。こうした再演に本人が協力した事実は、フォークナー自身も与えられた任務をまじめに遂行しようとしていたことの証左となろう。

なかでも、USIS東京映画部の意図が最も明確に読み取れるのは、映画のちょうど中ほど、日本の若者とフォークナーの対話シーンである。羽田空港から長野駅に場面は転換、そこから旅館の池端でくつろぐ浴衣姿の作家、野尻湖、五明館と善光寺参道、大本願住職との会談、鳩の豆売りへと移りゆく。つづく長野日米文化センター（前CIE図書館）での高校生とのセッションは、「夏の日中に行列までして図書館で読書する日本の学生の好学心に打たれた」フォークナーの発案で急遽実現したものだ（中村一〇）。ここでの質疑応答は、『長野でのフォークナー』（一九五六年）には収録されていないが、高校生向けの英語雑誌『ユース・コムパニオン』（五五年一〇月）に発表された中村順一による「特別『封切』記事」がその様子を伝えている。

八月一一日の午後、この「非公式」セッションが始まった。映画班も撮影を始めた。通訳を務めた中村によれば、照明やカメラを気にするそぶりもなく、フォークナーは撮られることに慣れていたという

（一〇）。やがて高校生との対話は熱を帯び、話題は、アメリカの「不都合な真実」に移っていった。

バートランド・ラッセルの書物を読んで彼が原子爆弾を非難しているのを知ったが、あなたの意見はどうであるか。

米国は民主主義を唱えながら、沖縄や東南アジアに軍事基地を設けて民衆の反感を起こしているではないか。

それぞれに対するフォークナーの答えは、以下である。

この爆弾は確かに恐ろしいものである。しかしこれは科学の進歩の結果避けることのできないものであった。ただ人間はまだ発明をする場合にそれが何のために役立つかを十分に考える思慮を持っていない。またそれを自分の中に把握する事を知らない。我々は予め熟慮し、計画する知恵を持たなければならない。

我々は自由を信じているのであるが、誤りをおかす事がある。自分の国がまだ新しく未熟なためである。自分は信念として人間の価値の重要性を認め、人間の行動の自由、恐怖や餓えからの解放、機会均等、教育および保健における自由を信じる。（一一）

また、ある男子生徒が「占領軍の政治が必ずしも十分でなかったこと、そのために多少しっくりしない気分のあることを述べた」ときの返答は、次のようなものだった。

非〔原文ママ〕占領国民の気持は十分にわかる。自分の住んでいる地方も90年前にちょうどそれと同じような経験をした。もちろん自分はそれを見たわけではないが祖父母からはっきりと聞いた。戦争終了後10年間の苦しみは非常なもので、それは後にも長く尾をひいたものであった。日本の苦しみに対しては、自分はただ事実を説明するだけである。自分の滞在中に十分に学びたい。そうして帰国後多少とも日本の国民の正しい姿を伝え、米国として日本のために尽くし得る点を指摘したい。

ここでフォークナーは、南北戦争において敗北した南部の出身であることを持ち出して共通の歴史的トラウマ（直接の体験ではないが）をアピールすることで見事に反感をそらし、さらに日米の懸け橋となることを約束した。共感が哀れみや同情からくるものではなく理解と行動を伴うことを示したのである。「フォークナー氏のこの熱意に一同は打たれた。」そして、最後に「自分達のためにモットーとなる言葉を残してくれ」と乞われ、次の言葉を贈った――「人間性を信じて何物にも臆するところなく前進するように（That is never to be afraid of anything and believe in people）」（一二）。この質疑応答においてフォークナーは、アメリカの敗戦国であり占領終了から三年しかたっていない極東の島国の若者に対して、そつのない模範的な回答をしたといえるだろう。人心の掌握に長けた、見事な親善大使ぶりである。それでも、ここに記された日本の若者の忌憚のない意見は、ポスト占領期における日米同盟の絆が、決して一筋縄ではいかない複雑に捻じれたものであったことを露わにしている。

しかしながら、この「非公式」の対話は、映画『日本の印象』にあってはアメリカの「公式見解」に沿うよう安全に変換されている。USIS東京映画部による編集からは、USIAひいてはNSCが作家フォークナーを日本と世界に向けてどのように発信しようとしたのか、その意図を汲みとることができるのだ。日米文化センターにおける若者との質疑応答の様子は、映像として映し出されるが、そこで繰り広げられているのは無言劇である。質問はもちろんのこと、回答も消音されている。代わりにナレーションが場を説明する――「若き学徒たちが質問攻めにしている。真理と呼べるメッセージが欲しいのだ（The young students prying and prodding with their questions, wanting some message which they could call truth)」。つづけて、伝道者フォークナーが若者に授ける「真理」を次のように代弁する。

ただ寄りかかるための松葉づえではなく、自身の頑強さと忍耐力を信じて自分の足でしっかりと立つことを、おのおのが求めなければならない。それも、贈物として与えられたのではなく権利と責任において手に入れた自由にこそ、人間の希望があるのだと自覚してそうするのだ（each must seek not for a mere crutch to lean on, but to stand erect on his own feet believing in his own toughness and endurance, realizing that man's hope is in man's freedom not given as a gift but as a right and a responsibility to be earned)。

フォークナーの口の動きに重ねるかのように読み上げられるこのメッセージは、たしかに「日本の若者たちへ」に書かれた作家自身の言葉をそのまま代読したものである。ただし、異なる文脈から抜き出した三つのフレーズを一つの文章につぎあわせたものだ。その結果、フォークナーの若者たちへのメッセージは、まさに「自助努力で再建し、自由諸国の一員たれ」という、ポスト占領期日本に向けた訓示と紙一重となっている。本場面は、アメリカを代表する文化親善大使による日本での宣教の見せ場なのだ。そして、福音――「真理」――を伝える伝道者フォークナーの姿は、自由主義陣営の導き手として相応しいアメリカを体現し、国際映画祭を経由して世界へ伝播していったのである。[6]

なお、このUSIS東京映画部によって編集されたフォークナーのメッセージは、USIAおよびNSCの政策と合致するものであった。「友好的で、協力的で、強い日本」という、アメリカが望む日本を日本人の意思で達成させること、それこそが当時の対日外交政策の眼目だったのだ。対日外交政策を定めた五五年四月のNSC文書「アメリカ合衆国対日政策」（"US Policy Toward Japan"）に基づく五六年二月のOCB文書『日本に係る作戦計画の大綱』（*Outline Plan of Operations with Respect to Japan*）には、次のような活動方針が記されている。

作戦において我々は、こちらが成し遂げたい事柄が日本の益となることを、日本人に納得させなければならない。［……］日本人は国粋主義的で独立志向が強いため、彼らの政治力、経済力、軍事力の発展にとって好都合な点を強調しなければならない。［……］同時に、日本が力を取り戻すにつれ、アメリカ合衆国と自由諸国との引き続いての協同のテーマを強く主張する必要がある。（2-3）

つまり、『日本の印象』の編集は、対日心理戦略に沿っていたのである。文化親善大使フォークナーは、世界平和と個々人の発展を願うアメリカの「真実」を伝え、自立再建の道は自由の獲得にあると説いた。ＵＳＩＳの編集上の判断は、検閲と同義であったといえよう。

ただし、最後に指摘しておかなければならないのは、フォークナーのメッセージを要約した映画のナレーションは、実のところ、原文の大意をよくつかんでいるという事実である。「日本の若者たちへ」(7)は、次のように展開する。はじめに、占領という共通体験による共感が述べられる。百年前の南部では本土が戦場となったが、占領軍は戦後再建などしなかった。「しかしいまでは、これらの事柄はいっさい過去のものとなっている。いまは私の国は一つである」(185; 一〇九)。アメリカは、この苦悩を体験したからこそ「戦争に痛めつけられた人びとに対する同情の念」を学び、強い国家となった(185-86; 一一二)。南部人は、「今日の日本の青年諸君の気持ちを、すくなくとも理解だけはできる。」つづいて、年長者として若者に、前進せよとの助言と未来の神託を授ける。人間は頑強で、人と希望を信じる努力さえ続ければ、どんな感情にも打ち勝つことができる。その努力をするのは、「ただもたれかかる松葉杖を求めるのではなく、希望のあることとおのれの強靭性と耐久力を信じて自分の両脚でまっすぐ立たねばならぬ (to seek not for a mere crutch to lean on, but to stand erect on his own feet by believing in hope and in his own toughness and endurance)」(186; 一一二) からである。それに希望はある。戦後の南部に文学が興ったように、日本でも「普遍の真理」を語る文学が生まれるだろう。おわりに、そのような未来にとって欠かせない、自由と民主主義の重要性が強調される――「というのは、人間の希望は人間の自由にあるからである（Because man's hope is in man's freedom）」（187; 一一三）。普遍的真理を成りたたせるのは自由であり、希望は自由のうちにしか存在しない。自由とは、「無償の贈物として与えられるものではなく［……］受けるべき権利として、責任として、与えられるのである（not given man as a free gift but as a right and a responsibility to be earned）」（187; 一一三、一一五）。奴隷となるか自由を選ぶか。とりあえずは民主主義でよしとするしかない（188; 一一五）。長野日米文化センターでの高校生との対話が、ここでの説得のレトリックの根幹をなしていることがみてとれるだろう。「日本の若者たちへ」は、日本の青年の自立成長への意欲――「自由、進歩、平和への正当な熱望」――をかきたてるとともに、基本的人権や言論の自由を守るためには、日本が自由諸国と対等に歩調をすすめていくことが肝要であると諭す。共産主義イデオロギーに対抗する思想としての自由と民主主義が賛美されているのだ。(8)

すなわち、ＵＳＩＳ東京は、今ではあまり顧みられることのない、「日本の若者たちへ」の結論部に見出される明白なる政治性を見逃さなかった。「普遍の真理」を伝えるフォークナーの姿を、映画『日本の印象』の一番の見せ場として用意したのである。エッセイの執筆を依頼したＵＳＩＳの書籍課長レオン・ピコンも、新聞広報用の作品「日本の若者たちへ」が「民主主義を維持する必要性についてぶちかましたもの」（Picon 18）であったと、三十数年の後になっても誇らしげに回想している。

以上のとおり、ＵＳＩＳ映画『日本の印象』は、同年に日本で封切られた他のＵＳＩＳ映画と同様、「自由、進歩、平和への正当な熱望」を視聴者に抱かせ、世界を導くアメリカの姿を喧伝する役割を果たした。しかし、占領期日本の再教育を担ったＣＩＥ映画をそのまま継承したのがＵＳＩＳ映画なのだから、このことは驚くに値しない。驚くべきは、主演俳優がその役を十分に理解して演じきったことだろう。フォークナーは、ポスト占領期における日本国民の啓蒙に一役買ったのである。

少なくとも一九五五年の時点では、USIAの標語として知られる「アメリカの物語を世界に伝える」をフォークナーは自分の役目だと考えたようだった。海外公務に意欲をみせ、国務省職員ハロルド・E・ハウランドに次のように書き送っていた。「他国の人々がとかく思うよりも本当のこと、アメリカの実際を知らせることに助力」したい（Blotner, "William Faulkner" 6）。しかるに日本到着早々、酒で失態をおかした彼は、その責めで一時的に職を賭すはめになった三名の職員の労に報いたかったのかもしれない——「USIAをがっかり」させないと断言したのだ（Picon 15-17）。日本滞在も残り少なくなったある日、ピコンに尋ねた。「すべての要件を満たせたかな。やるべきことは全部やり終えたかい？」答えは、フォークナーの文化親善大使としての役割を映画の一場面に結晶化させることになる。ひとつだけ残っている任務として、日本の若者のために何か書くことを挙げたのだ（同 18）。

フォークナーの日本訪問、それからその成果として名高いエッセイ「日本の若者たちへ」は、日米文化交流を象徴するものとして今日まで記憶されている。(9) 作家が冷戦の戦士としての任務を達成したことなど、まるでなかったかのように。USIS東京映画部よりもよほど心理戦——「もっとさりげなく、もっと広くゆきわたり、もっと完全なるもの」——に長けていたのだろう。ポスト占領期日本において、彼ほど「人々の心と意思を得るための闘い」に勝利した米国人作家はいない。

注

（1）『USIS映画目録1957年版』、二および『USIS映画目録1963年版』、二―三を参照。

（2）連載「ついに太陽をとらえた」の初回見出しは「吾輩はウラニウム」（七）、終回は「手軽に原子力を」（七）。『読売新聞百年史』には、スクープに至った経緯が説明されている。静岡支局の第一報が本社社会部にまわり、そこに原爆症などに詳しい「ついに太陽をとらえた」取材チームのデスクと取材記者が居合わせたために可能となったという（六四七）。読売主催イベントは、『読売新聞八十年史』の三二、九五、七二四、七三〇を参照。原子力平和利用博覧会の詳細は、読売新聞の記事「目で見る『原子力平和利用』」、社告「原子力平和利用博覧会」、開幕初日の記事「原子力平和利用博覧会」等を参照。東京での閉幕翌日の記事「大反響をよんだ原子力平和利用博」――大見出しは「青年が大きな関心」、小見出しは「深められた国民の理解」――に、四二日間の会期中の動員数は約三七万人、その多くが「来るべき原子力時代を背負う青年層」であったことが記されている。全国の延べ動員数は、中国新聞調べ（『フクシマとヒロシマ』第三部」）。

（3）シンフォニー・オブ・ジ・エアの来日について、音楽評論家の佐々木光は、「日本の交響楽運動史上特筆すべき出来事」としながらも、ソ連バイオリニストのダヴィッド・オイストラフの来日に「対抗する意味で国家的使命を帯びていた」と指摘している（『音楽年鑑 昭和三十一年版』五）。翌年も、来日楽団がすべて「国家的な援助のもと派遣使節団の「肩書き」をもつ「アメリカを中心とする西欧各国の文化攻勢」だと論及する（『音楽年鑑 昭和32年（1957）版』六）。

（4）「原爆資料館」を参照。ただし、一九五五年度の年間来館者数は「広島平和記念資料館」による。

（5）善光寺で鳩の餌用の大豆を売っている女性に袖の下を渡して撮影したこと（Blotner, *Faulkner* 605-06）、五明館旅館での食卓を整える場面が実際の担当仲居ではなく別の仲居による再演であること（橋口　一一―一二）等が挙げられる。

（6）映画は、同年の国際映画祭に出品されたようだ（Shellenberger, "William Faulkner" 30）。筆者が確認できたのは翌年のメルボルン国際映画祭への出品のみ。同場面の解釈については、本書第五章一二五–一二六も参照されたい。

（7）以下、本テクストからの引用は、原文は *Faulkner at Nagano* により、文中の括弧のなかにアラビア数字のみを記す。日本語訳は、米国大使館発行『米書だより』三〇号からの転載である「日本の青年へ」を用い、同括弧中に漢数字を列記する。

（8）長野セミナーの質疑応答において「共産主義」について尋ねられたフォークナーは、一定の留保をつけつつも民主主義を称揚している――「我が国でいうところの民主主義は、人々が自分たちを統治するには非常に下手で非効率な方法ではあるけれども、これまでのところそれ以上のものを知らない」(Faulkner, *Faulkner at Nagano* 131)。

（9）一九五五年から多年にわたって新聞や雑誌にてフォークナーの人柄を示す逸話が盛んに紹介された。一方で、いまでは彼の慧眼ともされる「日本の若者たちへ」にて述べられた「敗戦」に基づく南部と日本のアナロジーは、当時、若い世代のセミナー参加者たちを少なからず困惑させたようだ。ともに三〇代前半の同学年、佐伯彰一は、フォークナーが米国の「内戦」と「日米戦争」を「おなじレベル」で取り扱うことに「度胆をぬかれ」(八七)、加島祥造は、彼が長野で「敗戦日本の青年の気持ちがよく理解できる」という文章を発表したことを知り「戸惑った」――「彼はアメリカから来たのであり戦勝国の人間としか思わなかったからである」(一八六)。一九六〇年代後半以降、セミナー時に三六歳であった大橋健三郎から柄谷行人は、来日したフォークナーが「奇妙なことを語った」――「つまり、彼が『敗戦後の日本人のことが私にはよくわかる、なぜならわれわれもヤンキーに負けたからだ』と言ったというものである」――ことを何度か聞かされたという(二七九)。なお、当の本人も、一九五七年のメアリー・ワシントン大学での質疑応答では、東西文化の違いから日本人とはまったく理解し合えなかったと答えている (Faulkner, “At Mary Washington”; 本書第二章六〇–六一)。当時の日本での「日本の若者たちへ」の受容については、本書第一章の二七–二八も参照されたい。

引用文献

加島祥造『フォークナーの町にて』（みすず書房、一九八四年）、一九一頁。

柄谷行人「フォークナー・中上・大橋健三郎」『坂口安吾と中上健次』（講談社、二〇〇六年）、二七四–八四頁。

「結成宣言 ＝ 世界への挨拶」日本原水爆被害者団体協議会、日本被団協結成大会（一九五六年八月一〇日）宣言、www.ne.jp/asahi/hidankyo/nihon/about/about2-01.html. アクセス日二〇二二年二月二〇日。

「原子力平和利用博覧会」『読売新聞』、一九五五年九月一日朝刊、一頁。

「原子力平和利用博覧会」『読売新聞』、一九五五年一一月一日朝刊、七頁。

「原爆資料館 その歩み〈中〉語られざる展示」『中国新聞』、二〇一九年四月二一日朝刊、www.hiroshimapeacemedia.jp/?p=90434. アクセス日二〇二一年四月一三日。

佐伯彰一『日米関係のなかの文学』（文藝春秋、一九八四年）、三六六頁。

佐々木光「交響楽界」『音楽年鑑 昭和三十一年版』（音楽之友社、一九五六年）、五頁。

―――「交響楽」『音楽年鑑 昭和32年（1957）版』（音楽之友社、一九五七年）、六–七頁。

「大反響をよんだ原子力平和利用博」『読売新聞』、一九五五年一二月一三日朝刊、八頁。

「ついに太陽をとらえた 手軽に原子力を」『読売新聞』、一九五四年二月九日朝刊、七頁。

「ついに太陽をとらえた 吾輩はウラニウム」『読売新聞』、一九五四年一月一日朝刊、七頁。

土屋由香「『パブリック・ディプロマシー』の出発点としてのアメリカ占領軍・CIE映画」『Intelligence』第七号（早稲田大学20世紀メディア研究所、二〇〇六年）、六〇–七〇頁。

中村順一「高校生と語る W. Faulkner」『The Youth's Companion』十巻七号、一〇–一三頁。

橋口保夫「『フォークナーと長野』という標題の卒業論文」『フォークナー』第九号（日本ウィリアム・フォークナー協会、二〇〇七年）、四–一四頁。

「広島平和記念資料館の入館者数等の概況について」公益財団法人広島平和文化センター平和記念資料館啓発課、

www.city.hiroshima.lg.jp/uploaded/attachment/112311.pdf.

フォークナー、ウィリアム「日本の青年へ」『青い眼でみた日本』（原書房、一九五九年）、一〇八-一五頁。

「『フクシマとヒロシマ』第三部『平和利用』被爆地も一翼」『中国新聞』、二〇一一年七月一三日朝刊、www.hiroshimapeacemedia.jp/?p=28372. アクセス日二〇二一年四月一三日。

「邦人漁夫、ビキニ原爆実験に遭遇」『読売新聞』、一九五四年三月一六日朝刊、七頁。

「目で見る『原子力平和利用』」『読売新聞』、一九五五年五月八日朝刊、三頁。

『ＵＳＩＳ映画目録　１９５７年版』（東京米国大使館映画部配給課、一九五七年）、一三八頁。

『ＵＳＩＳ映画目録　１９６３年版』（東京米国大使館映画部配給課、一九六三年）、三〇八頁。

『読売新聞八十年史』（読売新聞社、一九五五年）、七七一頁。

『読売新聞百年史』（読売新聞社、一九七六年）、九五一頁。

Blotner, Joseph. *Faulkner: A Biography*. Random House, 1984.
———. “William Faulkner, Roving Ambassador.” *International Educational and Cultural Affairs*, 1966, pp. 1-22.
Eisenhower, Dwight D. “Command Post for the Cold War.” *United States Army Compat Forces Journal*, vol. 3, no. 6, 1953, p. 6.
Faulkner, William. “At Mary Washington College, tape 2,” April 25, 1957, Faulkner at Virginia, © 2010 Rector and Visitors of the University of Virginia; Author Stephen Railton, faulkner.lib.virginia.edu/display/wfaudio082.html, accessed December 12, 2019.
———. *Faulkner at Nagano*, edited by Robert A. Jelliffe, Kenkyusha, 1956.
Impressions of Japan. Directed by Harry Keith, USIA film reel, 1955, catalog.archives.gov/id/51673, last accessed February 17, 2022.
Osgood, Kenneth. *Total Cold War: Propaganda Battle at Home and Abroad.* UP of Kansas, 2006.
Picon, Leon. Interview by G. Lewis Schmidt, October 30, 1989, Foreign Affairs Oral History Collection, Association for Diplomatic

Studies and Training, 1998, www.adst.org/OH%20TOCs/Picon,%20Leon.toc.pdf.

Schmidt, G. Lewis. Interview by Allen Hansen, February 8, 1988, Foreign Affairs Oral History Collection, Association for Diplomatic Studies and Training, 1998, www.adst.org/OH%20TOCs/Schmidt,%20Lewis.toc.pdf.

Shellenberger, Jack H. Interview by G. Lewis Schmidt, April 21, 1990, Foreign Affairs Oral History Collection, Association for Diplomatic Studies and Training, 1998, www.adst.org/OH%20TOCs/Shellenberger,%20Jack.toc.pdf.

———. “William Faulkner: STAG.” *Foreign Service Journal*, vol. 54, no. 1, 1977, pp. 10-11, 30.

United States, CIA. “Classified Message to Director,” May 20, 1955, Matsutaro, Shoriki, vol. 2, no. 6, CIA Electoric FOIA Reading Room, www.cia/gov/readingroom/document/519cd81c993294098d51655d, accessed November 26, 2019.

United States, NSC. “Memorandum for the President by the Special Assistant to the President for National Security Affairs (Cutler).” *Foreign Relations of the United States*, 1952–1954, National Security Affairs, vol. 2, part 1, edited by Lisle A. Rose and Neal H. Petersen. Government Printing Office, 1984, Document 50.

———, ———. “Statement of Policy by the National Security Council: Mission of the United States Information Agency.” *Foreign Relations of the United States*, 1952–1954, vol. 2, part 1, edited by Lisle A. Rose and Neal H. Petersen, Government Printing Office, 1984, Document 357.

———, ———. “Status of US Programs for National Security as of June 30, 1955: Part 6—The USIA Program.” *Foreign Relations of the United States*, 1955–1957, Foreign Economic Policy; Foreign Information Program, vol. 9, edited by Herbert A. Fine, Ruth Harris, and William F. Sanford, Jr., Government Printing Office, 1987, Document 190.

———, ———. “The President to the President of the Senate.” *Foreign Relations of the United States*, 1952–1954, National Security Affairs, vol. 2, part 2, edited by Lisle A. Rose and Neal H. Petersen. Government Printing Office, 1984, Document 365.

———, ———. “US Policy Toward Japan.” *Foreign Relations of the United States*, 1955–1957, Japan, vol. 23, part 1, edited by David W. Mabon, Government Printing Office, 1991, Document 28.

United States, OCB. *Outline Plan of Operations with Respect to Japan*, February 8, 1956, NSC Staff Papers, OCB Central Files, Box 48, OCB 091 Japan (File #4) (6), 4-5, www.eisenhowerlibrary.gov/sites/default/files/research/online-documents/declassified/fy-2011/1956-02-08.pdf.

United States, USIA. *Fifth Review of Operations: July 1-December 31, 1955*, Government Printing Office, 1956.

———. *First Report to Congress, August-December 1953*, Government Printing Office, 1954.

———. *The Film Program of the United States Information Agency*, Government Printing Office, 1956.

第四章

その広大な紙面にて——ウィリアム・フォークナーと文化冷戦の言語アリーナ

山根　亮一

一．あまりにも適切な関係式

長野市立長野図書館に保管されている一幅の掛軸には、ノーベル文学賞作家ウィリアム・フォークナーを囲んで開催された一九五五年八月のアメリカ文学セミナー、通称「長野セミナー」の参加者たちの寄せ書きが記載されている。「フォークナー氏へ　長野セミナー　一九五五年（"To Mr. Faulkner Nagano Seminar 1955"）」と題されたこの寄せ書きのなかに関西学院大学の東山正芳が記載したメッセージは、その他のセミナー参加者たちのそれと比べて異質だった。この神戸の研究者は、たとえば九州大学の多久和新爾のように「あなたは我々が思っていたよりも寛大だ（"You are more generous than we

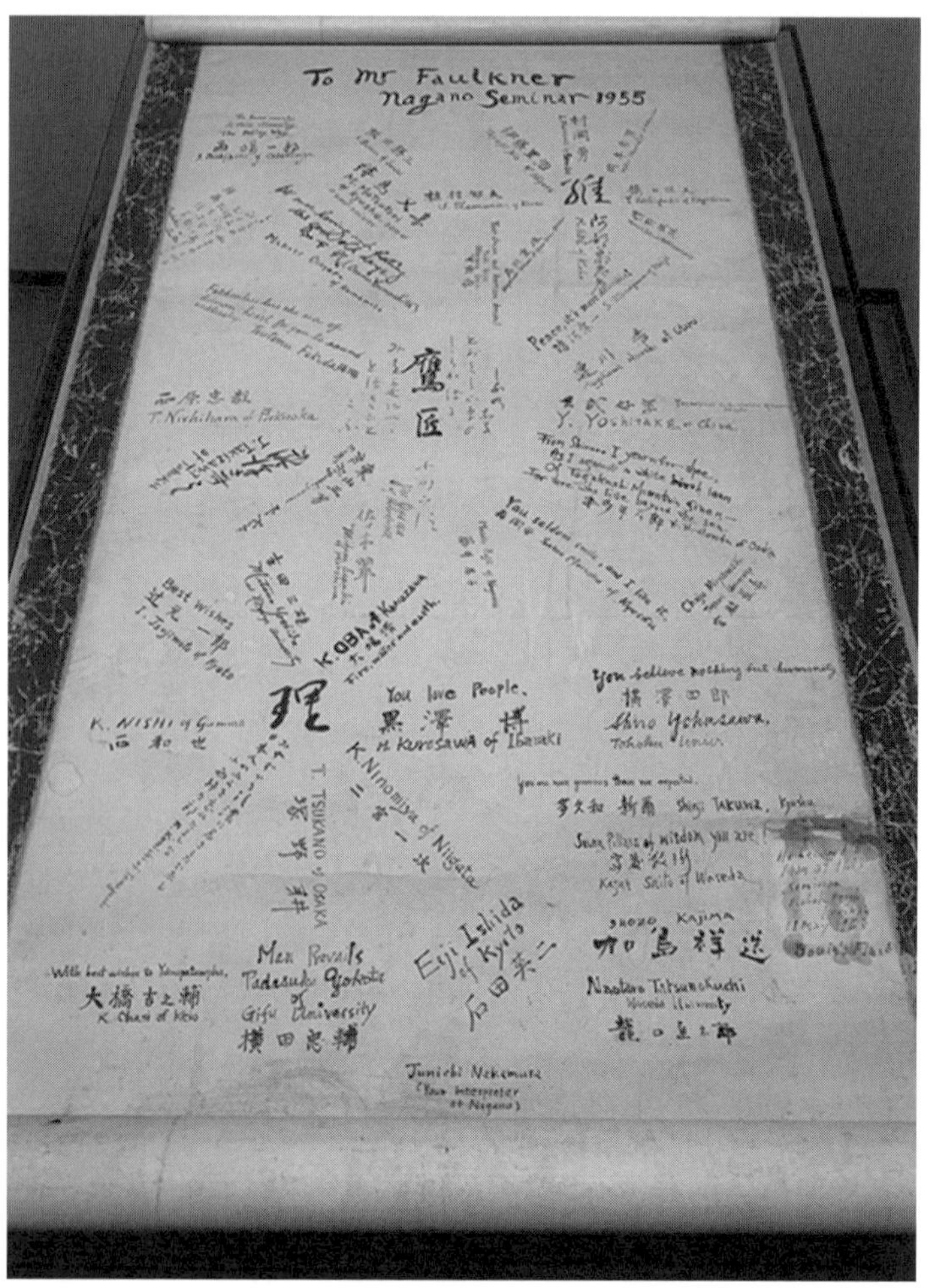

『フォークナー氏へ　長野セミナー　一九五五年』
長野市立長野図書館所蔵、撮影は筆者。

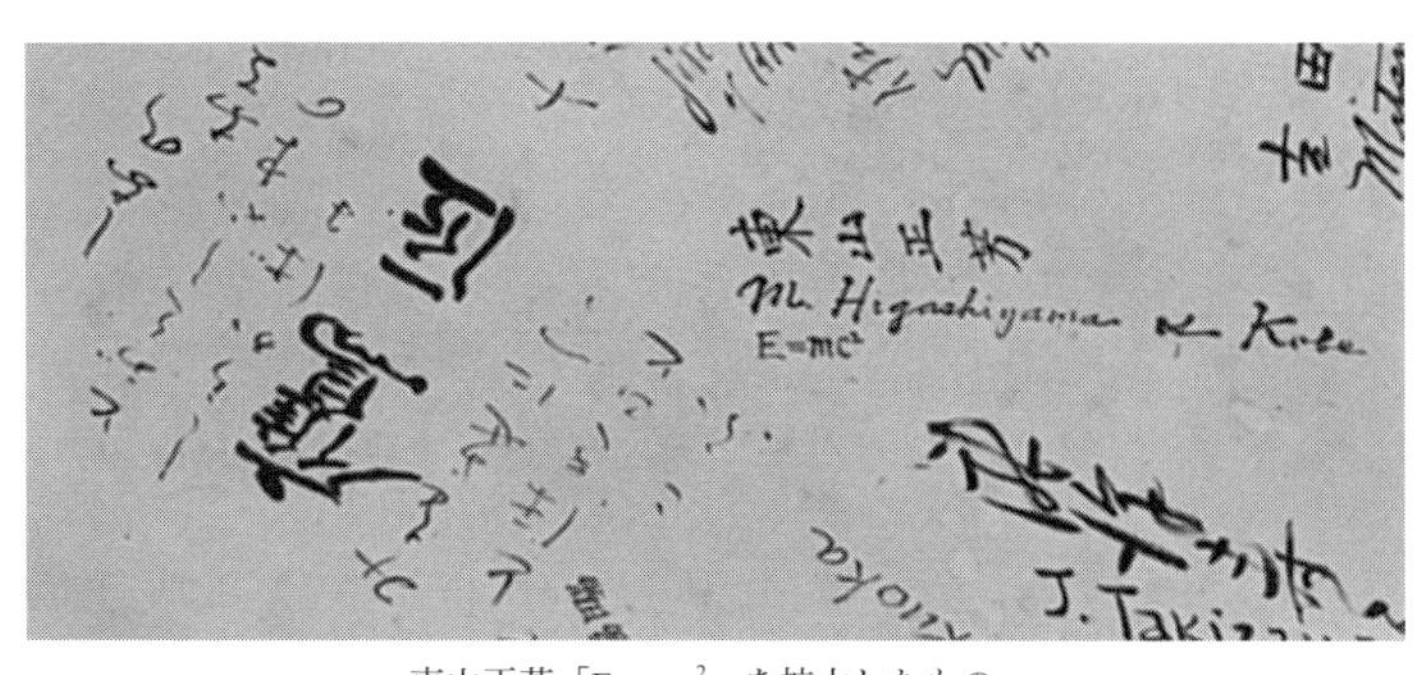

東山正芳「$E = mc^2$」を拡大したもの。

"expected")」と述べて作家の人格を称えたり、早稲田大学の斎藤数衛のように、アラビアのロレンスとの類推を示唆しながら日米国際親善のためにはるばる来日したフォークナーを「あなたこそ七本の知恵の柱だ！（"Seven Pillars of wisdom you are!"）」と譬えたりはしなかった。こうした外交的表現の代わりに東山が書いたのは、アルベルト・アインシュタインが発表した質量とエネルギーの等価性を示す関係式、「$E = mc^2$」ただそれだけだったのである。

これまで深く議論されてこなかったこの記述は、寄せ書き上のテクストとしては明確な意味を成さなくとも、この寄せ書きを取り巻く歴史的コンテクストにおいてはあまりにも適切であった。というのも、まず、「長野セミナー」において核科学の発展に寄与したこの関係式を記述するという行為自体が、このイヴェントが開催された当時の国際政治状況を端的に示し得るからだ。フォークナーはセミナーのために八月五日から一五日のあいだ長野に滞在していたが、その十年前には広島、長崎への原子爆弾投下があり、それから一九五四年三月には米軍の水爆実験により第五福竜丸が被ばくする事件が起こった。平和を望む世界の知識人たちは核兵器開発の行く末に危機感を覚え、翌年にはバートランド・ラッセルによる反核兵器運動にアインシュタインや湯川秀樹らが同調した（核兵器廃絶を訴えるラッセル＝アインシュタイン宣言（"Russell–Einstein Manifesto"）が発表された一九五五年七月九日には、すでにアインシュタインは逝去していたが）。並行して、日本では一九五四年五月に水爆禁止署名運動杉並協議会が発足し、「杉並アピール」と呼ばれるこの反核実験宣言に基づく草の根運動が全国的な広がりを見せていた。その動きは、同年八月には原水爆禁止署名運動全国協議会（のちの原水爆禁止日本協議会）の結成へと繋がり、一年後の「長野セミナー」の開催月には、広島における第一回原水爆禁止世界大会の開催にまで至った。[1]東山が書いたあの式は、それが反核運動に加わった時期のアインシュタインを想起させるという点で、それ以前からの核の平和利用、原発推進の言説よりは、日本国内外の反核運動のそれに近接する。

さらに、東山の記述の適切さとは、同時期の国内にあった反核思想の高まり、あるいは世界平和の祈念を想起させ得るメッセージ内容それ自体だけでなく、そうした主題に関連する文字を直接用いないことで（同じ寄せ書き内には、明治大学の皆河宗一が「平和、それが最も望ましい！（"Peace, it's most desirable!"）」と書いている）、それが冷戦構造の介入を防いでいるという点にもある。別言すれば、寄せ書き内の式という特異な形式、非言語的メッセージでなければ、当時のフォークナーを取り巻く政治状況から離れて世界平和を願うのは困難であった。なぜなら、平和主義自体が当時の冷戦構造のなかではイデオロギー的に分断されており、一九五六年三月五月号の『ライフ』（*Life*）誌における論説「新しい共産主義戦線」（"The New Communist Line"）が示すように、スターリニズム時代と比べ「より暴力的ではない革命家」（44）としての平和主義的方策に方向転換したように見えたソ連のニキータ・フルシチョフ体制こそ、米ソで主導権を奪い合う冷戦期の国際政治においてはアメリカの他国への影響力を削ごうとする脅威に他ならなかったからだ。国内においても、一九五〇年代にはW・E・B・デュボイスの反核運動に左翼作家マイク・ゴールドが合流しており、彼らの平和情報センター（Peace Information Center）を通じた社会運動は、この組織を「共産主義的平和攻撃の組織的部分」（qtd. in Chura 248）ととらえた下院非米活動委員会（House Un-American Activities Committee）から警戒されていた。

この平和という語彙をめぐる闘争、一方の平和が他方への攻撃を意味する状況が示唆するのは、冷戦期アメリカの左翼思想に対する警戒感だけでなく、いかに書かれたものの指示内容が、それが配置された文脈や状況、あるいは媒体に依存し得るかということでもある。これから示すように、アメリカ文化冷戦とは、そうした言語の物質的な状況設定、再設定の過程を考察することによって、はじめて十分に説明可能になる文化的、政治的現象である。この文脈における括弧付きの「長野セミナー」とは、アメリカ大使館主催のフォークナーを通じた日本のアメリカ文学研究会それ自体を指すのみでなく、この作家周辺の様々な言葉が反共コンセンサスと自由民主主義的理想に沿うように（再）配置されることによって表出した、アメリカ文化冷戦という言語アリーナの一場面を指している。このアリーナの包摂力は強大であり、それはいかに書き手側が自らの帰属意識や内面世界を狭い範囲で維持しようとしていたとしても、そうした姿勢こそを反全体主義の武器として、つまりアメリカ文化冷戦を補強するための表現として政治利用する。そこに集った日本人研究者たちがこの状況を回避するには、東山が書いたあの式のように、その状況自体を相対化する類の、違和感と注意深さを含む記述が必要であった。

この包摂状況を唯物論的に、つまり観念論的にではなく出版物上における書き手たちの関係性を通じて具体的に吟味するため、私は「長野セミナー」を取り巻くアメリカ文化冷戦の反全体主義的言語アリーナの基盤を広大な紙面と呼ぶ。この広大な紙面では、主として二つのことが起きていた。一つは国際闘争の枠組みにおける地域表象（ここでは例外主義的アメリカ南部表象）の政治的拡張、もう一つは私的空間の政治的拡張、書かれた内面や個人性の政治利用である。これらの出来事は共通して反全体主義的動機により引き起こされたものであり、それゆえ前者の現象内で対立していたか乖離していた者同士でも、後者の状況では、本人同士が意図しようとしまいと、出版物上で連携し得た。その複雑な連携の場である広大な紙面において、日米の文化と政治が重なっていたのだ。本稿の最終目的は、そのことが我々日本のアメリカ文学研究者たちにとってどのような意味を持ち得るのかという問題を提起することにある。

二．冷戦ドラマのアメリカ南部例外主義

フォークナー研究が冷戦に意識的になったのは、ロレンス・H・シュウォーツによる『フォークナーの評価創造』(*Creating Faulkner's Reputation* 1988）以降である。フォークナーが「新しい保守的なリベラリズムやアメリカ民主主義の人道主義を代表するのに完璧に適していた」（203）と述べるとき、シュウォーツが念頭に置いているのは第二次世界大戦後、左翼思想に幻滅したニューヨーク知識人と農本主義的活動を諦めた南部出身の研究者が「エリート主義と芸術のための芸術という審美主義によって統合された変幻自在な提携」（201）を結び、共に非政治的な文学研究へと舵を切った批評背景だ。グレッグ・バーンヒーゼルはこのアメリカの南北に共通した精読偏重の冷戦初期文学批評史観を引き継ぎ、

一九四〇、五〇年代における冷戦モダニズム、すなわち「社会主義的リアリズム、全体主義、共産主義、コミュナリズム」（54）ではないものとして定義されるアメリカ人モダニスト作家たちの修辞法を発掘した。作家の手法だけではなく、ＣＩＡから資金提供を受けていた文化自由会議（Congress for Cultural Freedom）の出版物、そして「長野セミナー」などのアメリカ政府関連の国際文化交流をも視野に入れたバーンヒーゼルの議論は、二〇一五年のフォークナー・ヨクナパトーファ会議から生まれた論集『フォークナーとプリント・カルチャー』（*Faulkner and Print Culture* 2017）においても披歴されている。

冷戦期の東西イデオロギー対立にアメリカ南北の対立を包摂させるこの批評傾向は、アメリカ文学批評領域における冷戦的現象を説明したドナルド・Ｅ・ピーズの論文「モービィ・ディックと冷戦」（“*Moby Dick* and the Cold War” 1985）が照射したものに繋がる。ここでピーズがハーマン・メルヴィル作品とその解釈論を通じて表出させた「ドラマとしての冷戦（“the Cold War as drama”）」（116）は、日常的なことや私的なことを含むあらゆる出来事の解釈を、民主主義と全体主義という冷戦期的二元論に回収する場を指す。つまり、先述のフォークナーを含む文化冷戦研究と同様に、ピーズの言う冷戦ドラマはアメリカ南北の分断をもこの二項対立に還元するのである[2]。だが、イデオロギーや審美的形式に依拠するアメリカ文化冷戦の説明には、米ソの国際闘争の場における例外主義的なアメリカ南部表象、つまり冷戦ドラマ内部の亀裂や葛藤を見過ごすリスクがある。ここで必要なのは、この政治的かつ審美的な連携のドラマが内包したもの、地域的文化や歴史を国際的闘争のために再発明した広大な紙面についての具体的な説明である。

一九四九年出版の『ヴァイタル・センター』（*The Vital Center*）において、歴史家アーサー・Ｍ・シュレシンジャー・Jr.はその徹底的な反全体主義的主張の端々に南部奴隷制のイメージを介入させている。同書に触れたシュウォーツはこの北部の歴史家と南部の小説家を繋げながら、「フォークナーの個人主義の重要性を議論することは、シュレシンジャーの「民主主義的」人間のイメージとほぼ区別がつかなくなった」(32) と指摘しているが、より明確にこの歴史家自身が接続していたのはアメリカ南部と全体主義であった。一九世紀ジャクソニアン・デモクラシーの時代には、南部奴隷制それ自体には必ずしも賛同しないが奴隷に近い劣悪な状況下で労働を強いる北部産業主義にも賛同しないダフフェイス (doughface) と呼ばれる人々がいたが、シュレシンジャーはそのイメージを二〇世紀の進歩主義者たちに重ね、前者を「南部的原則を持った北部の人間」(38)、後者を「全体主義的原則を持った民主主義的人間」(38) と呼び並列しながら非難した。さらに、彼は一九世紀アメリカ南部の社会学者ジョージ・フィッツヒューによる自由主義批判と奴隷制支持を引用し、「フィッツヒューの奴隷大農園」(87) を哲学者ハンナ・アーレントの描くナチス強制収容所、つまり二〇世紀的全体主義の凶悪な様相へと接続した。全体主義的イメージを構築する際、シュレシンジャーは国内の奴隷制の歴史を付随させていた。

全体主義と距離を取ろうとすればするほど、アメリカ南部を外部化せざるを得なくなる——この冷戦ドラマのパラドクスは、この地域的アイデンティティが南部人にとっていかなる倫理観を含意しようと、その地域の外側から南部の文化や歴史を疎外する。長野に来たころのフォークナー周辺にあったのは、そのように反全体主義と重なっていた反南部的イデオロギー、いわゆるアメリカ南部例外主義の一側面であった。この例外主義は、現在に至るまでこの地域とその研究者を悩ませ続ける地域主義的固定概念であり、二〇一六年の『PMLA』誌において、マイケル・P・ビブラーはこれを「南部が歴史的にも文化的にも他に類を見ない地域であるという幻想」(154)と定義した。この「幻想」は二つの側面を持っており、南部人にとってのそれはアメリカ南部の文化や歴史の固有性を過大評価すること、非南部人の場合はアメリカ国内の差別主義的な歴史や文化を南部に固有のこととして、この地域以外の差別主義を過小評価することを意味する。シュレシンジャーによるファシスト的アメリカ南部表象は後者の、この地域の外側から作動する例外主義の文化冷戦版である。

この外部からのアメリカ南部例外主義は、反全体主義プロパガンダに付随する迂闊さを示すツールになり得る。文化自由会議メンバーが運営したイギリスの雑誌、一九五七年一月号の『エンカウンター』(*Encounter*)誌において、経済学者ピーター・ワイルズは「とりわけ共産党自体のなかに民主主義が育っている。このことは肝要で、ポーランドがどうしてアメリカ合衆国のミシシッピ州よりも民主主義的でないのか、と問われるかもしれないくらいだ」(qtd. in Barnhisel 160)と報告した。経済自由化へ向かう時期のポーランドとミシシッピ州との並列は、アメリカが標榜する自由主義の欺瞞や内部分裂を照射するためのものだ。前掲バーンヒーゼルの著作がこのコメントに言及するとき、それはこの雑誌がCIAから資金提供を受けていたという事実にもかかわらず、一枚岩にアメリカ礼賛するような類のものではなかったということの根拠とするために過ぎない。「この雑誌が創刊されたときにイギリス人作家たちにどのような疑念があったにせよ、『エンカウンター』誌はアメリカの弁解者ではないということをのちに明快にした」(160)と述べるとき、この文化冷戦の研究者はワイルズと同様に、アメリカすら批判しようとするこの雑誌の自律性を主張しようとする一方で、アメリカの非民主主義的側面がミシシッピ州のこととして局地化されていることを見過ごしている。

フォークナーの生活したミシシッピ州はそうした跳弾を浴びる側に留まらず、それを浴びせる側にもなった。一九六二年、ミシシッピ大学の歴史家ジェイムズ・W・シルヴァーは『ミシシッピ――閉鎖社会』（*Mississippi: The Closed Society* 1964）を出版し、アフリカン・アメリカン初のミシシッピ大学生となったジェイムズ・メレディスをめぐる人種主義的狂騒、地域住民と連邦保安官とのあいだの暴力的対立を提示した。その副題「閉鎖社会」というフレーズを指して、ジョーゼフ・クレスピーノは「ミシシッピ例外主義、つまりミシシッピが一九六〇年代アメリカにおける政治的独裁主義や人種問題の過激さをめぐる非凡な（"singular"）現場であることの比喩」（100）と呼んでいる。しかしミシシッピ州はこのとき例外化されたばかりではなく、この地域の白人至上主義者たち自身の方もまた、冷戦期の論理で人種統合を強制的に進めようとする国内勢力を例外化していた。シルヴァーによると、アメリカ政府による人種平等の強制を共産主義的だと批判したミシシッピ州知事や同州の保守的な市民評議会（Citizen's Council）、そして地方新聞などは、「黒人の要求を激励するのは独立宣言ではなく共産党宣言」（30）だという烙印を押した。この修辞法のより倒錯した例として、アメリカ合衆国大統領を「マルクス主義の怪物」（qtd. in Silver 33）と呼び、その処刑を要求するミシシッピ大学生向けのビラまであった。「長野セミナー」前後の時期、フォークナーを巻き込む広大な紙面で起きていたのは、米ソの東西イデオロギー対立とアメリカ国内の南北対立という、二つの政治闘争のメタフォリカルな連動である。しかし、後述するように、後者のアメリカ国内における南北分断は、それが反全体主義的であるという共通項を持つ限りにおいて、雑誌や論集という、複数の異なる主体を同じ紙面上に文字通り統合する出版媒体上で中和された。アメリカ南部例外主義の問題があったにも拘わらず同国の文化冷戦が成立し得たのは、広大な紙面にもう一つ別の、より強力な効果があったからだ。それが、内面の政治的拡張である。

三．出版物上の遭遇

先述のシルヴァーの著作は、序盤はミシシッピ大学近隣住民のフォークナーとの親交や人種統合をめぐる自身の論考に言及しているがその終盤は同じ問題に関連した彼の手紙をいくつか掲載するという、特殊な形式を備えている。手紙の宛先の一つには、当時ケネディ政権の特別補佐官をしていたシュレシンジャーが含まれており、その主な内容は、一九六三年当時、全米黒人地位向上協会（National Association for the Advancement of Colored People）やメディア、そして白人至上主義的共同体といった様々な角度からの重圧を受けていたメレディスの学業についてのものだ。彼をドロップアウトさせないために、シルヴァーはシュレシンジャーに対し「あなたは彼［メレディス］のために大統領との電話の会話を設定できる」（193）という希望を伝えている。この著作におけるフォークナーとシュレシンジャーの隣接はシルヴァーが両者の知人であったから起こった偶然と言えようが、他の出版物に視野を広げると、彼らの隣接は反全体主義的言語アリーナにおける必然としても生じていたことが分かる。シュレシンジャーとフォークナーを結びつける際には南部例外主義の問題が障壁となるが、それでもなお、出版を通じた文化冷戦は個別の地域的概念や内面性の表現を反全体主義陣営のそれとして再地域化しながら、様々な主体を究極的には同類として読者の眼前に示してみせる。「長野セミナー」が開催された時期における日米の文化と政治を統合させる反全体主義的言語アリーナ、広大な紙面の包摂力を説明するのは、そうした出版媒体上における主体群の、書き手本人たちの意図の及ばぬ隣接状況である。

とりわけその状況を明示するのは、同時期のアメリカ文化冷戦に寄与した雑誌や論集である。すでに触れたイギリスにおける文化自由会議の出版物、『エンカウンター』誌は、その一九五四年一〇月号においてフォークナーのエッセイ「ミシシッピ」（"Mississippi"）を巻頭に置き、その後半部分にシュレシンジャーによる書評、「兄弟たちの戦争」（"The "Brothers' War"）を掲載した。フォークナーはここで、故郷ミシシッピ州の歴史や文化、そしてそれらに対する彼の複雑な愛情の在り方――「その美徳のためではなく、その欠陥にもかかわらず」（16）生まれる郷土愛――を説明した。その一方で、シュレシンジャーの書評は南北戦争史の専門家トマス・J・プレスリーによる著作『アメリカ人が南北戦争を解釈する』（*Americans Interpret Their Civil War* 1954）を論じた。ここでアメリカ南北の経済的・政治的分断についての認識を示すシュレシンジャーは、彼の一九四九年の著作と反響させるように、「ナチズムと共産主義の手法と成功が、美徳、理性、人間の完全性についての安易で古めかしい憶説を論破したように見える」（77）と述べることで人間の本来的な暴力性を示し、同時に、「中立であることを寛容できない諸問題の一つ」（77）としての自国における奴隷制の歴史、まさにフォークナーの郷土愛を複雑にさせた歴史に触れながら、それを暴力的手段で撲滅させた南北戦争を必然ととらえ肯定した。『エンカウンター』誌におけるフォークナーとシュレシンジャーの出会いが示すのは、この二人がいかに異なる南部観を持とうと、ＣＩＡの庇護の下で反全体主義という特定の主張を掲げるこの雑誌においては、そうした差異を伴う内面の表現こそが多様性や複雑さを重んじる反全体主義的表現として変換され、統合され得るということだ。

地域的分断をも反全体主義の範疇に統合して提示するアメリカ文化政治の広大な紙面は、個人の内面を無垢なままにはしておかない。『エンカウンター』誌の創刊号に掲載された文章のいくつかは、むしろ個人の私的空間こそが政治的に利用されやすいという現象を説明する。この創刊号は、すでに自ら命を絶ってから一〇年以上経っていたヴァージニア・ウルフによる日記を最初に掲載することで、それがいかに個人的領域を重視する出版物であるかを前景化している。そしてこの日記の次に掲載されたエッセイ、レスリー・フィードラーの「ローゼンバーグ事件への追記」("A Postscript to the Rosenberg Case")は、この雑誌の反全体主義的企図にとって利用可能な手紙や内面の在り方を規定、限定する。ここでフィードラーは死刑囚独房で書かれた核のスパイ、ローゼンバーグ夫妻の手紙が（その手紙は『イセルとジュリアス・ローゼンバーグの死刑囚棟書簡』(*Death House Letters of Ethel and Julius Rosenberg* 1953)として出版された）、あくまで「彼ら自身の不幸や欲求不満の情熱から政治的資本を作り出すことを意図された」(19) ものだと断じ、同情を誘って左翼からの擁護を得ようとするその政治的自己演出を批判する。それからこの雑誌はスコットランド詩人トム・スコットの一人称語りの詩を経由して、太宰治の「雌に就いて」("Of Women" 1936)」、「桜桃」("Cherries" 1948) をまとめた「二つの物語」("Two Stories") を掲載した。その解説文は、「彼［太宰］が唯一真実味をもって書けるのは彼自身のことであり、「私小説」("I-novel") は日本の「自然主義」の標準的な表現方法となった」(Seidensticker 23) と紹介している。

この解説文を書き、二つの太宰作品を英訳したのはエドワード・G・サイデンステッカーだ。のちに川端康成作品の訳者として知られるこのアメリカ人日本文学研究者は、東京大学大学院に留学中の一九五二年の夏、「現代の日本に関係のある問題のほうが好ましい」（『私のニッポン日記』五八）と彼に奨学金を与えたフォード財団から求められ、そのときから元々の研究対象であった『源氏物語』（二〇〇八年）に加え、太宰作品への関心を新たにした（太宰作品は、彼にとって初めて原文で読んだ現代日本小説であった）。『エンカウンター』誌に提供した彼の仕事は、回想録によれば、「太宰治の未亡人から、川端さんがわざわざ、翻訳の許可を取ってくれた」（『流れゆく日々』一八八）から為されたものだ。当時日本ペンクラブの会長であった川端康成は日本文学の英訳を推進しており、その対象は彼と「必ずしも仲がいい間柄ではなかった」（一八八）太宰の作品であっても良かった。このことからサイデンステッカーは当時の川端の寛容さを称えているが、それ以降、「パリの文化自由会議本部と、その東京支部にあたる日本文化フォーラムの連絡係」（一五四）を一九五〇年代の終りから数年間担当することになるこの日本文学研究者が、他ならぬ『エンカウンター』誌のために太宰作品を翻訳したという事実は、川端の目的である日本文学の国際的宣伝以上の効果を持つ。すなわち、ウルフ同様にこの時期には自殺していた太宰の非政治的で私的な内面世界が（「雌に就いて」には、二・二六事件のことは知らなかったと言いながら、友人と理想的女性像について語り合い、同時に自らの失敗した心中について告白する話し手がいる）、本人の意思の及ばないところで、アメリカ文化冷戦の武器として再発明されたのである。

このような、書き手本人の意図としては明示できないが確実にその書き手を巻き込む類の政治性が、「長野セミナー」に参加した日本人研究者たちの立場を説明する。同セミナーの参加者の一人であり、萌芽期における日本アメリカ文学会の中心人物であった龍口直太郎は、（サイデンステッカーとは逆に、日本語への）翻訳家として文化冷戦の参加者になっていた。初期の文化自由会議の出版物には、『エンカウンター』誌の他に元共産主義者たちによる自叙伝的論集『神は躓けり』（*The God That Fails* 1950）があったが、彼の数多くの翻訳書のなかにはこの論集に収録された自叙伝の一つ、イタリアの元共産主義者イグナツィオ・シローネのエッセイも含まれていた。それは、「神は躓けり――私はなぜ共産主義をすてたか――」というタイトルを付与され、一九五〇年九月号と一〇月号の『日本評論』誌に連載された。当然、このことだけでどの程度において龍口自身が反共産主義的、自由民主主義的であったかを説明することは出来ないが、仮に龍口本人に特定の政治的主張が無かったとしても、彼の出版物は確実に反全体主義的言語アリーナ、広大な紙面の一部に組み込まれていたのである。

さらに視野を広げると、『エンカウンター』誌における太宰の私小説と同様に、龍口の私的、内面的文章もまた政治的状況に配置されていたことが分かる。このことは、彼が主な寄稿先の一つとしていた政界往来社による月刊政治評論雑誌、『政界往来』において、この文学研究者の文章がどのような位置にあったか、他のどのような文章に囲まれていたかを一瞥するだけで明白だ。たとえばその一九七六年二月号に龍口が寄稿した「ローマの休日」は、「一九五九年四月、彼は九日間の予定でローマに滞在していた。」（二二）という一文から始まる日本人中年男性（おそらく龍口のペルソナ）と外国人女性たちとの空想的ロマンスであった。同じ号には、「特集　新春に問い直す三つの課題」として「憲法と人間天皇論」（大石秀夫）、「アジアへの干渉お断り」（大和資雄）、「公共放送の在り方」（永田一郎）といった骨太の社会派議論が並び、「創刊四十五周年記念再録特集　歴史は語る」では、松下幸之助、岸信介、鳩山一郎ら当時までの日本政治史を代表する著名人らの名が論者として軒を連ねた。付言すると、別の寄稿文でも龍口は徹底的にノンポリな調子で、作家論以外には、諸国漫遊、葉山の別荘、釣り、車、女性、煙草、教育論など――これらは主に一人称「私」が語る随筆である――がこの政治誌における彼の主要テーマであった。彼の文章自体は政治的ではなかったが決して政治的状況を回避していたわけではなく、むしろエスタブリッシュメントの息抜きとして、それが掲載されたのと同じ雑誌内における政治的な、もっと言えばこの雑誌の主軸であると言えよう日本の中道右派的な、文章との不可分な互恵関係にあったのだ。

一方、関西アメリカ文学会設立の立役者であった東山の広大な紙面における振る舞いはより複雑だ。フォークナーが来日した月の最初の日は、関西学院大学文学部英文学科における東山の先達、志賀勝がこの世を去った日であった。翌年四月に刊行された『志賀勝先生追悼論文集』に、東山は「アメリカ文藝思潮の三段階」を寄稿した。アメリカ文学史を古いものからピューリタニズム、トランセンデンタリズム、そしてヒューマニズムという三つの思想に分け、それらを時系列順に「人間解放の三つの段階」(五三)と呼ぶこの論文は、その最終段階、つまり一九五〇年代当時に活躍したフォークナーを含むアメリカ人作家たちの様子を以下のように描いている。

> このように人間を外面的に自然や社會の面からみずに、内面から心理的にとらえ、その内面的心理的な人間の眞實さというものに文學的表現を與えた作家達の結論は、人間に對する信念である。個々の人間を超えた抽象的な何ものかにその救を求める必要のない世界である。この世界は純粋なヒューマニズムの世界といえよう。このヒューマニズムの精神がアメリカ文學の中でどのような發展を

みせるか、或は崩壊してしまうかは今後の問題である。（五二―五三）

トマス・ヒル・ショウブは、冷戦初期当時のアメリカ批評史がその「焦点を純粋に社会的で経済的な情報源から離して、「不安」や「協調」のような心理的で行動的な範疇へと移行した」（17）と主張する。集団より個人を重視するこの文脈において、東山の言うように「内面的心理的な人間」を描くフォークナーが全体主義国家と対峙するための「「最高位」の個人主義者」（Schwarz 202）へと変貌するロジック、書き手が私的、個人的空間に没入すればするほど個人主義的、反全体主義的アメリカ社会の代表者となる逆説が成立した。この意味では、東山が上記の追悼論文集の「あとがき」において、「人間の世界から遊離しない、しかもそれ自身一つの獨立した世界を堅持するアメリカ文學の研究こそ我々に志賀先生が托された道である」（一七三）と述べるとき、そのように自律性を維持しようとする信念もアメリカ文化政治の言語アリーナ、広大な紙面のなかにあったと言えるかもしれない。というのも、全体主義社会でそのような「獨立した世界の堅持」という自由が許されるか疑問だからだ。しかしその一方で、先述の引用内で「或は崩壊してしまうか」と留保をつけた東山は、「内面的心理的人間」、反全体主義的人間の道筋と一定の距離をとってもいる。その意識的な距離感が、自らの政治的立場を明確に語らない龍口よりは、東山を広大な紙面の包摂力に対抗させる。この東山の複雑な立場は、最後に本稿が注目する広大な紙面、すなわち、出版物ではないという点で例外的だが、冒頭で示したあの掛軸においても見られる。

四・「鷹匠」の転回

改めてあの掛軸の構成を注視すると、その中心には「鷹匠」、右上に「維」、そして左下に「理」という毛筆の文字が大きく書かれており、それらの周縁に「長野セミナー」に参加した日本人研究者たちの氏名や所属大学名、そして簡潔なフォークナーへのメッセージが配列されている。それぞれに中心化された上記の三つの漢字が使用された理由は、同セミナー参加者の西崎一郎が亡き父を弔うために善光寺を訪れたとき、そこに居合わせたフォークナーが自分の父親も供養したいと願い出たことに由来する。西崎は日本語で手続きしたいというフォークナーの希望を受け、彼の父マリー（Murry）には「真理」、施主ウィリアム・フォークナー自身には「鷹匠維理」の字をあてた。フォークナー（Faulkner、実名はFalkner）の由来であるFalconerを日本語に当てはめるなら「鷹匠」である。このエピソードを紹介する中島時哉は、「あれほど難解で晦渋な多くの傑作を書きあげたノーベル賞作家とは思えない、なんとほのぼのとした一齣であったろうか」（三三）とまとめている。

しかし本稿にとって「鷹匠」の文字を中心に置いたあの寄せ書きは、当時の日米文化を跨ぐ反全体主義的コンセンサスの縮図を提示しているように見える。なぜなら、この名詞は「長野セミナー」とは別のところだが、それと同様の政治的状況において表出したことがあるからだ。個人主義や非政治的態度すらも自由民主主義、つまりは反全体主義の表現とするアメリカ文化冷戦において、同国の政治的理想を最も影響力のあるかたちで定義した著作の一つが、すでに何度か触れたシュレシンジャーの『ヴァイタル・センター』である。彼はここで「民主主義を戦う信念にすること」（248）を喫緊の課題としながら、中道的なリベラリズム、つまりソ連の全体主義だけでなく、アメリカ国内の過度に自由奔放な産業主義をも同時に批判する立場を構築した。そして、後者の無軌道な在り様を嘆くとき、この歴史家は「自由社会においては、現在の体質が示すように、鷹は鷹匠（"falconer"）の声が聞こえないし、中心は持ちこたえられない」（244）と表現している。フォークナーとシュレシンジャーの、本人たちにとっては思いがけなかったであろうが、しかし彼らが身を置いた政治状況を鑑みれば結果的には当然の政治的隣接が「長野セミナー」にはあった。あの寄せ書きの書き手たちは、自らの名前と所属などの記述を通じて、文字通り、「鷹匠」（Falkner / falconer）をヴァイタル・センター（自由民主主義の理想）とする国際文化交流イヴェントの参加者たちとして、アメリカ文化冷戦のための広大な紙面に配置されていたのだ。

そのなかの龍口の寄せ書きはメッセージを含まない名前と所属のみであり、冒頭に触れた多久和、斎藤、そしてこの寄せ書き企画を提案した加島祥造の下部、掛軸の右下に置かれている。この沈黙と周縁性が何を意味しようと、『政界往来』誌における包摂状況と同様に、彼の名は同セミナーの政治目的、アメリカ文化の宣伝の枠内から逃れられない。一方、東山の非言語的メッセージは、冒頭で述べたことに加え、この広大な紙面の包摂力を俯瞰させる点においても適切だ。寄せ書き上のあの式を読むには、その傍に置かれた「鷹匠」の文字を転覆する穿った視点から見る必要がある。この文字の近くで同時代の反核思想を想起させる東山の記述行為をそうした視点から見直すと、それは、アメリカ式の自由民主主義的理想の裏側、核武装と文化外交によって日本への政治的影響力を維持しようとするアメリカ文化冷戦の欲望を可能な限り曖昧に、つまり外交を害さない程度であるという点で適切に、前景化させる。

冷戦期以降、アメリカは自由民主主義の防衛という大義名分のため恒久的な戦争状態を創出してきた。その国と向き合ってきた日本のアメリカ文学研究は、これまでどの程度広大な紙面の包摂力を意識してきたと言えるだろうか？　あの東山の記述はいまもなお、長野からこの問いを我々に投げかけている。

注

（1）林美紀子は、「ヒューマニズムの精神につらぬかれた」この一連の杉並区発の反核運動が、「燎原の火のごとく各地に」広まっていったと述べている。

（2）アメリカ自由民主主義社会が国内ではなく国際的脅威に晒されたとき、F・O・マシーセンによる一九四一年の著作、『アメリカン・ルネサンス』（*American Renaissance: Art And Expression in the Age of Emerson and Whitman*）は文化的過去をあまりに統合させて配置するため、南北戦争を取り巻く政治問題を些細であるかのように見せてしまう」（127）とピーズは述べる。同著作の審美主義や非政治性こそが、アメリカの個人主義、ひいては反全体主義の合意形成に寄与したという議論だ。

引用文献

E・G・サイデンステッカー『流れゆく日々』安西徹雄訳（時事通信社、二〇〇四年）。

――『私のニッポン日記』安西徹雄訳（講談社、一九八二年）。

龍口直太郎「ローマの休日」『政界往来』四二（二）（政界往来社、一九七六年）、二二一-二五頁。

中島時哉「長野におけるフォークナー・シンポジウムと「巻物」返還式に出席して」『法政』三八〇（法政大学、一九八八年）、二八-三三頁。

林美紀子「杉並で始まった水爆禁止署名運動」『すぎなみ学倶楽部』（杉並区産業振興センター観光係、二〇一六年）www.suginamigaku.org/2014/10/h-gensuibaku.html（最終アクセス日二〇二二年八月一二日）。

東山正芳「あとがき」『志賀勝先生追悼論文集』（関西学院大学英米文学会、一九五六年）、一七二-七三頁。

――「アメリカ文藝思潮の三段階」『志賀勝先生追悼論文集』（関西学院大学英米文学会、一九五六年）、三一-五三頁。

『フォークナー氏へ　長野セミナー　一九五五年』（"To Mr. Faulkner Nagano Seminar 1955"）（長野市立長野図書館所蔵、一九五五年）、掛軸。

Barnhisel, Greg. *Cold War Modernists: Art, Literature, and American Cultural Diplomacy*. Columbia UP, 2015.
Bibler, Michael P. "Introduction: Smash the Mason-Dixon! or, Manifesting the Southern United States." *PMLA*, vol. 131, no. 1, Jan. 2016, pp. 153-56.
Chura, Patrick. *Michael Gold: The People's Writer.* State U of New York P, 2020.
Crespino, Joseph. "Mississippi as Metaphor: Civil Rights, the South, and the Nation in the Historical Imagination." *The Myth of Southern Exceptionalism*, edited by Matthew D. Lassiter and Joseph Crespino, Oxford UP, 2010, pp. 99-120.
Faulkner, William. "Mississippi." *Encounter*, Oct. 1954, pp. 3-16.
Fiedler, Leslie A. "A Postscript to the Rosenberg Case." *Encounter*, Oct. 1953, pp. 12-21.
"The New Communist Line." *Life*, 5 March 1956, p. 44. Editorial.
Pease, Donald E. "Moby Dick and the Cold War." *The American Renaissance Reconsidered*, edited by Walter Benn Michaels and Donald E. Pease, Johns Hopkins UP, 1985, pp.113-55.

Schaub, Thomas Hill. *American Fiction in the Cold War*. U of Wisconsin P, 1991.

Schlesinger Jr., Arthur M. "The 'Brothers' War.'" *Encounter*, Oct. 1954, pp. 75-78.

———. *The Vital Center: The Politics of Freedom*. 1949. Transaction, 2009.

Schwartz, Lawrence H. *Creating Faulkner's Reputation: The Politics of Modern Literary Criticism*. U of Tennessee P, 1988.

Seidensticker, Edward G. Foreword. "Two Stories," by Osamu Dazai. Translated by Seidensticker, *Encounter*, Oct. 1953, p. 23.

Silver, James W. *Mississippi: The Closed Society*. UP of Mississippi, 1964.

第二部　フォークナー訪日と同時代の日本文化

第五章

太平洋戦争の記憶、『ゴジラ』、そしてフォークナー訪日の意義(1)

森　有礼

一．文化使節フォークナー訪日時の日本

一九五五年八月、米国国務省の企画によって、ウィリアム・フォークナーはアメリカ合衆国の文化使節として日本を訪問した。彼の来日は、ソ連を初めとした共産圏の脅威に対し、戦後の日本に自由主義陣営の欧米諸国との協調を促すことを目指した、アメリカの文化外交政策の一環であった。三週間余に亘る日本滞在中、フォークナーは東京、京都、そして長野を訪れ、多くのインタビューや講演、セミナーや朗読会を行う等、精力的に活動を続けると共に、「日本の印象」（"Impressions of Japan"）及び「日本の若者たちへ」（"To the Youth of Japan"）という二本のエッセイを記した。前者は彼の日本について

の断章を一つに纏めたもの（藤田 一〇六-〇七）で、長野でのセミナーで発表され、後日これに基づき、同じく『日本の印象』（*Impressions of Japan*）と題されたフォークナーの日本滞在記録映像が、米国大使館文化交換局（the United States Information Service, [USIS]）によって制作された。また後者は、滞在中彼に帯同した米国大使館員のレオン・ピコン（Leon Picon）に、フォークナーが離日の際に託した原稿であり、太平洋戦争の敗北の記憶を南北戦争とその後の南部文芸復興に準えて、若い世代の日本人を鼓舞する内容となっている。これらのエッセイは、神戸女学院大学講師で、長野でのセミナーにも参加したロバート・ジェリフ（Robert A. Jelliffe）が編纂し、一九五六年に研究社より刊行された『長野でのフォークナー』（*Faulkner at Nagano*; 以降 *FN* と記載）に収録されており、同書所収の多くのインタビューと共に、日本におけるフォークナーの発言や動向が窺える貴重な記録となっている。

一方でフォークナー来日当時の日本は、原水爆問題を巡る大きなうねりの中にあった。前年の一九五四年三月の、ビキニ環礁の合衆国水爆実験による第五福竜丸被爆事件に端を発した、原水爆禁止を求める全国的な署名活動は、翌年八月六日に広島で開催された第一回原水爆禁止世界大会へと発展していった。この大会はフォークナーの長野滞在中に開催されており、フォークナー自身も京都アメリカ文化センターでの記者会見において、合衆国の原爆投下に言及している。遡ること九ヵ月、一九五四年一一月には、「水爆大怪獣映画」である『ゴジラ』が封切られ、実に九六〇万人余——当時の日本人の一割以上——を動員した（加藤 一四六）。原作者の香山滋（八）を始めとして多くの批評家達が主張するように、『ゴジラ』が第五福竜丸被爆事件を背景として制作された反原水爆映画であることは言を俟たないが、同時に本作が、日本人が抱える太平洋戦争のトラウマ的な記憶についての物語であることもまた事実である。

本論の目的は、当時の日本の社会的状況を踏まえて、「日本の印象」及び「日本の若者たちへ」の二本のエッセイ、及び記録映像『日本の印象』を採り上げ、フォークナーの来日が当時の日本人に与えた影響と意義について、「太平洋戦争のトラウマ」と関連付けて論じることである。具体的には、まずフォークナーのエッセイと記録映画を分析し、日本人に対するフォークナーのメッセージの政治的意義について検証する。併せて映画『ゴジラ』を議論の補助線に用いつつ、同映画がいかに太平洋戦争に関する国民的トラウマに対処したかについても確認することで、フォークナーと『ゴジラ』が、「太平洋戦争の記憶」を如何に再解釈し、それを新たな物語へと練り上げたのかを明らかにしたい。

二．文化外交戦術としての『日本の印象』と「日本の若者たちへ」

本節は、フォークナーのエッセイ「日本の印象」と、それを基に作られた記録映画の政治的メッセージを明らかにする所から議論を始めるが、そのためにまずはこのエッセイの内容を少し追ってみよう。冒頭でフォークナーは、日本に向かう機内から見た日本について「ウェーキ島やグァム島よりもずっと奇跡的に大海原に見出された島だ、そこには文明が、つまり人類の、秩序正しく古くから受け継いできた変わらぬ同一性（homogeny）があるのだ」（*FN* 178）と記している。だが次の段落では、実際に日本の言葉に接してそうした同質性を見失ったかのように、次のような戸惑いを述べている。

> ［日本語は］目にするし、耳に入るし、話され、書かれてもいる。人間が話している以上、それは人間同士の意思疎通ではある。だがこの西洋人の耳目には、何の意味も持たない。というのも、私にとって見覚えのあるものは何一つないからだ。［…］それは単に不可解な暗号であるばかりでなく、判じ物のようでもあって、はね散らかされた飛沫のようなその文字記号は、唯の意思の伝達ではなく、単なる情報以上の、何か重要で差し迫った内容を持っていて、人類の救済の秘密についての究極の叡智や智慧を期待させるのだ。(179)

フォークナーにとって、日本語は声というよりは音であり、また謎めいた暗号であった。彼のこの反応は、西洋からの訪問者が日本人に抱く一種の異国情緒を裏打ちしている。また市井の人々の顔について、彼は「その顔は、ヴァン・ゴッホや［エドゥアール・］マネが愛したであろう」(179) と記しているが、印象派の画家達に言及するこの一節から、フォークナーが日本人を、実在（アクチュアル）するのではなくある種の「印象」として捉えている様子が窺える。フォークナーの日本体験は、こうした東洋的情緒（オリエンタリズム）に満ちたものであった。それは彼が日本の女性――例えば芸者や、宿の自分の部屋付きの仲居――に向ける眼差しからも窺える。舞を舞う芸者の「白粉を塗り、固まって表情一つない」芸者の面（おもて）の背後に、「冷笑的でからかうような［…］男性全般に対する狡猾で悪意ある報復の意図」(181) を探る一方で、宿の仲居の女性に、客としての自分に対する「忠誠と節操と忠実さ」(182) を感じ取る点もまた、フォークナー自身の言葉が示すように「西洋人の耳目」が東洋的情緒（オリエンタリズム）に魅了されたことの一例でもある。[2]

一方でフォークナーは、日本の自然や人々の暮らしの中に「人類の、秩序正しく古くから受け継いできた変わらぬ同一性」をも看取している。滞在中に訪れた野尻湖に浮かぶ「小帆船」(180)や、故郷のミシシッピやアーカンサスの風景に似た長野の水田や林檎園の様子に、南部と変わらぬ「自然の風景」(183)を見出し、また昔ながらの技法で「釘も使わず［…］継手を合わせるだけで、魔法のように」日本家屋を建てる大工の「技」を目にして、それと「我々西洋人の祖先が失ってしまった［…］技」(184)との同一性に思いを馳せる。本エッセイは、こうした体験を胸に日本に別れを告げる感傷的な「サヨナラ」(184)の言葉で結ばれているが、それはフォークナーのエキゾチシズムと、日本に対して彼が抱いた親近感を表すと共に、日本とアメリカ南部との同一性(homogeny)とを暗示してもいる。

だがＵＳＩＳが本エッセイを基に作成した記録映画『日本の印象』には、そこに描かれた寸景以外にも幾つかの場面が追加されており、それらが本映像を合衆国のプロパガンダたらしめている。例えば本映像の冒頭において、羽田空港に降り立つフォークナーを出迎える日本の記者達は、奇妙にも日本に降り立ったばかりのこのノーベル賞作家に対して、唐突に「悪は解決できるか、真実は何処にあるか」といった抽象的な質問を浴びせる。明らかにこの場面は、フォークナーが人間の真理に関する答えを携えた賢者であることを観客に印象付ける意図を持って追加されている。このようにフォークナーの「偉大さ」を印象付けようとする演出がこの記録映画には散見されるが、特に注目すべきは、中盤にあるセミナーでの一場面である。これはフォークナーが長野滞在中に開催したセッションの一部であるが、老境に迫ったフォークナーと、その話を傾聴する日本の若い世代の人々との交感の様子を捉えたこのシーンには、両者の関係性について説明する以下のナレーションが被せられている。

若い学生達は熱心に質問をしては、真実という教えを知ろうとしている。だが彼［フォークナー］はと言えば、そうした権威など身に纏わず、唯実直な態度を示すだけだ。人は皆それぞれが、松葉杖に寄り掛かるだけではなく自らの脚で真っ直ぐに立ち、自らの不屈さと忍耐力を信じ、人類の希望とは人類の自由であることを、そしてそれは単に付与されたものではなく、権利であり責任として得るべきものであることを理解しなければならないのだ、と。(*Impressions of Japan*)

このナレーションは本記録映像制作時に新たに当てられたものである。「人類の希望［…］と自由」に伴う「責任」という「教え」を説くフォークナーと、その謦咳を拝する日本の聴衆とを対比させるこの場面は、それを見る者の中に、崇高な理想を講じる師と、ひたむきにその教えを乞う弟子という構図を髣髴させる。しかもこの老賢人は、真理を語る如何なる権威も持たない、と敢えて強調することで、逆説的に彼を至高の存在としてみせる。ここに窺えるのは、このノーベル賞作家が、日本の戦後を担う若い世代を、新たな日本の建設という理想に導くために降臨した預言者であるというメッセージであり、且つその前に首を垂れる日本の聴衆の姿を通じて、アメリカ的価値観による日本の精神的占領を印象付けるという、合衆国の文化外交の極めて成功した具体例でもある。更にこの後に続く、フォークナーと日本の聴衆が「飾らない人間の言葉」で話し合ったというナレーションが、フォークナーという一個人に、逆説的にアメリカ的価値観の「普遍性」を体現させる。この意味で『日本の印象』は、単に作家フォークナーの日本滞在の記録映像であるばかりでなく、彼の姿を借りて合衆国の文化と政治体制の正統性と有効性を実演(デモンストレーション)説明する、自由主義陣営側のプロパガンダ映画でもあるのだ。

これに対し、「日本の若者たちへ」と題されたエッセイは、文字通り戦後の日本人に宛てたフォークナーの個人的メッセージとしての側面が強い。冒頭でも述べたように、このエッセイは太平洋戦争における日本の敗北を南北戦争における南部のそれに準え、またその後の南部文学の復興を先例として引きつつ、将来の日本における世界的作家の誕生と、新たな日本の文化秩序としての自由民主主義の到来を予言するものである。フォークナーの帯同者レオン・ピコンが、最初のフォークナーの伝記を記した研究者ジョゼフ・ブロットナー（Joseph Blotner）に宛てた「フォークナー――その人（"Faulkner—the Man"）」という書簡によれば、このエッセイは、彼が日本の若い聴衆から繰り返し受けた「日本の若者、そして若い作家へのメッセージはありませんか」という問いに対する返答だったという（Picon, 竹内 二四九、藤田 一〇九）。彼は離日二日前（一九五五年八月二一日）の東京アメリカ文化センターでの講演会で、敗戦によって理想も希望も奪われた日本の若い世代が、今度どのように生きるべきかを模索していること――それは南北戦争が南部に齎したのと同じ喪失体験である――に気付き、このエッセイを執筆したのだとピコンは記している。その意味で、以下の一節に窺える、フォークナーの日本人に対する同情と激励は、その読者に対するリップサービスである以上に、若い世代の日本人に対する偽りのない心情でもあっただろう。

私［フォークナー］は、人に己の忍耐と不屈の精神の記録が必要だと思い起こさせるのは、戦争と災害だと強く思っています。それこそが戦禍の後、私の故郷である南部で優れた文学が復活した理由なのです。その文学は、他の国の人々が南部の「地方」文学について語り始め、遂には私のよう

> な田舎者が、日本の皆さんが話をしたいと思われるような一流どころの作家となるまでに至ったのです。
> 　これから数年の内に、日本でもこれに似たことが起こるだろうと信じています。皆さんの経験された厄災と絶望から、日本の真実ではなく、普遍的な真実を語り、世界中がその言葉を聞きたいと思うような日本の作家達が登場することでしょう。（*FN* 187）

だがこのエッセイにおいて真に日本人に対するプロパガンダとして有効なのは、アメリカ南部と日本との歴史的相同性（homogeny）について述べる、エッセイ冒頭の以下の一節である。

> 　今から百年前、私の故郷である合衆国は、経済面でも文化面でも、一つではなく二つに分かれ、激しく対立し、九五年前にはそのいずれが勝ち残るかを試すべく戦争を始めました。私の側であった南部は敗れましたが、その闘いは大海原のような中立地帯ではなく、私達の家や庭先や農場で行われたのです。それは沖縄やガダルカナルが遠い太平洋の島々ではなく、本州や北海道の一部であったようなものです。私達の家や土地は征服者に侵略され、彼等は敗戦後もそこに留まり続けました。私達は敗戦によって打ちのめされただけではありません。この征服者は敗戦と幸福の後も十年間そこに留まり、戦後に残った僅かなものすら奪ってゆきました。[…] しかしこれらは全て昔のことです。今や私達の国は一つであり、こうした古い苦悩故により強くなったと確信しています。何故なら、正にこの苦しみから、戦争で傷ついた他人への憐憫（コンパッション）の情を学んだからです。こんなことを

申すのも、南部出身のアメリカ人なら、未来に絶望しかなく、頼るものも信じる者もない今日(こんにち)の日本の若い方の気持ちを、少なくとも理解できることをお伝えしたかったからです。(*FN* 185-86)

南北戦争の敗北と、占領者に自国を蹂躙された苦難の過去を辿りつつ、それを日本人の太平洋戦争の記憶に接続し、希望を見失った日本の若者の心情に寄り添うことで、フォークナーは日本人を「戦争の犠牲者」の立場へと誘う。このような南部と日本との想像的同一化を通じて、読者は悲惨な敗戦の記憶を超克し、将来への展望と失われた国家の誇り(ナショナリズム)を恢復する契機を見出す。その意味で「日本の若者たちへ」は、記録映画『日本の印象』におけるフォークナーの言葉よりも遥かに強く日本人の心情を揺さぶる。彼が単なる作家ではなく、人生の真理を説く哲人の如く称えられたのはこのためだった。言わば彼は、敗戦に纏わる国家的な恥辱の記憶を再解釈する、少なくともその糸口を日本人に提供したのだ。だが何故そうした再解釈を戦後日本の若い世代が必要としたのか。それを考察するために、ここでフォークナー来日の前年に起きた第五福竜丸事件とその余波について検討せねばなるまい。

三.『ゴジラ』における敗戦のトラウマと「国民的憂鬱症(メランコリア)」

一九五四（昭和二九）年は、戦後日本における反核運動元年と言えよう。同年三月一日に遠洋マグロ漁船の第五福竜丸と第十三栄光丸が被爆する事件が発生し、それは日本初の反核運動である「原水爆実験禁止署名運動」の引鉄となった。小林良江は、「この署名運動は国民運動として拡大化し、1年3ヵ月間で、日本の人口の約3分の1にあたる3千万筆以上の署名を集め、日本政府の核実験への反対声明を引き出し、さらにアメリカの外交政策すらも変更させる力をも発揮した。さらには国際社会における核兵器廃絶運動にも多大な影響を与えることができた」と述べ、「『原水爆実験禁止署名運動』は日本反核運動の中でも『最も成功した例』」(一一三)であると総括している。この成功は、一つには日本人が核兵器の差し迫った恐怖を共有したからであろう。再び小林によれば、両船が日本に帰港した三月以降、「第五福竜丸とその漁獲物の被ばくが報道され、『死の灰』という言葉がマスメディアにおいて使用されるようになった。水爆実験地以外で漁獲されたマグロも『原爆魚』として呼称されることもあり、風評被害も含めて日本社会全体に『死の灰』の恐怖が拡大化した」(一一四)。先述の「原水爆実験禁止署名運動」は、こうした核の脅威に呼応した国民の恐怖と不安、そして何より強い怒りの現れであると言える。

こうした国民的な反核運動の高揚は、第五福竜丸事件が日本人の核と戦争に対するトラウマ的記憶を喚起したためである。赤坂憲雄はこの署名運動について、「広島、長崎に続く三回目の核による被爆」を受け、「原水爆禁止を求める国民運動が、杉並区の女性たちの署名運動をきっかけに始まった」と説明し、その動機について、「占領期には、徹底した検閲によって、広島・長崎を起点とする日本国民の反核感情は封じ込められてきたが、それが一気に噴出しようとしていた」(二〇一四：一三一)と述べている。更に赤坂は「アメリカの国務省極東局の極秘覚書には、『日本人は病的なまでに核兵器に敏感で、自分たちが選ばれた犠牲者だと思っている』と見える」(二〇一四：一三一)という例も引いているが、これらは日本人の敗戦コンプレックス、即ち戦勝国である合衆国による破壊に対して、敗戦国故に抑圧せざるを得なかった戦争被害者としての悲嘆や痛苦の記憶が、三度目の核被爆を契機として国民の意識の表層に噴出したことを示唆する。その意味で「原水爆実験禁止署名運動」は、冷戦期の核兵力の増大に対する直截的な異議申し立てであると共に、敗戦のトラウマが新たな表象形態を採って回帰した結果でもある。

同じ一九五四年、こうした敗戦のトラウマのもう一つの表象が誕生する。香山滋原作、本多猪四郎監督による日本初の怪獣特撮映画『ゴジラ』である。簡潔に本作の粗筋を確認しよう。一九五四年の夏、硫黄島近海で複数の漁船が消息を絶つ。この事件を調査すべく、古生物学者の山根博士とその娘恵美子は遭難海域の大戸島へ赴き、そこで侏羅紀の巨大生物と遭遇する。国会での報告で山根はこの怪獣を島の伝説に因んでゴジラと名付け、その出現の理由を「おそらく海底洞窟にでもひそんでいて、彼らだけの生存を全うして今日まで生きながらえていたのが、この度の水爆実験［…］の被害を受けたために安住の地を追い出された」のだと説明する。程なくゴジラは首都東京に上陸し、都下を灰燼に帰した後東京湾に姿を消す。ゴジラ殲滅を企図した恵美子は幼馴染の物理学者芹澤を説得し、彼が極秘に開発した破壊兵器オキシジェン・デストロイヤーの使用に踏み切らせ、芹澤は湾内でゴジラと最期を共にする。物語は山根の「あのゴジラが最後の一匹とは思えない。もし水爆実験が続けて行われるとしたら、あのゴジラの同類が、また世界のどこかにあらわれてくるかもしれない」という言葉と共に幕を閉じる（小野 七一–八二）。本論冒頭でも述べたように、『ゴジラ』という作品がビキニ環礁での被爆事件を下敷きとした反原水爆作品（赤坂 二〇一四：一三–一四、小野 一三、小林豊昌 一二–一五、佐藤 九一–九二）であることは、今や本作批評上の常識である。また佐藤健志は、「アメリカの水爆実験によって誕生した怪獣ゴジラが、水爆実験とは何の関係もないはずの日本を荒らしまわる」という本作の内容に、「日本は超大国（とくにアメリカ）の勝手な行為のまきぞえを食ってばかりいる」（九二）という「戦災にたいする被害者意識」（九三）を看取している。その意味で本作は戦後の日本人が抱く、超大国の核兵器に対するルサンチマンとその脅威の現れと言えよう。実際、劇中で言及される「この度の水爆実験」が、先述のビキニ環礁での水爆実験を、また劇中で通勤中の女性が口にする「いやね。原子マグロだ、放射能雨だ、その上今度はゴジラと来たわ」という台詞がその余波を指すことは、当時の観客にとっては常識だった筈だ。

　こうした核の切迫した現実性（アクチュアリティ）に対して、『ゴジラ』の映画としての現実らしさ（リアリティ）は、太平洋戦争の記憶に根差している。ゴジラによる東京襲撃の場面が、昭和二〇（一九四五）年三月一〇日の東京大空襲、及び同年八月六日及び九日の広島、長崎への原爆投下を連想させることは既に多くの批評家が指摘している（川本 七三－八八、小野 一五一－五七、志水 一四二－六七、小林豊昌 二八－三五）。芝浦から田町、新橋、銀座四丁目、国会議事堂、銀座尾張町、上野、浅草といった「大東京の中心部を火の海と化」するゴジラの襲撃は「『東京大空襲』の再来」（小林豊昌 三〇）であり、実際に日本各地で都市への空襲を経験した当時の観客が、この場面を通じて嘗ての空襲体験を想起したであろうことは想像に難くない。戦時中の体験を観客に髣髴させる場面は他にも多々見受けられる。先述の「原爆マグロ」に言及する場面では、ゴジラ出現を報じる新聞を眺めながら「あーあ、また疎開か」と呟く会社員や、「せっかく長崎の原爆から命拾いしてきた大切なからだだもの」という女性の様子は、ゴジラを太平洋戦争の再来として観客に強く印象付ける。こうした戦時中の現実らしさ（リアリティ）をよく例示する例をもう二つ挙げよう。一つは、上野の松坂屋前に蹲く、迫り来るゴジラを見上げる夫人とその幼い三人の娘達である。成す術もなく腕の中の娘達に「もうすぐ……もうすぐお父ちゃまの所へ行くのよ」と囁く夫人の観念した様子は、都下を襲った大空襲で、悲惨な最期を遂げたであろう多くの「戦争未亡人」の母子を想起させる。もう一つは、都下を蹂躙したゴジラが、防衛隊のF-86戦闘機の攻撃にも怯まず東京湾に没する場面である。ゴジラを前に「チキショー、チキショー……」と呟きながら嗚咽する少年の様子は、都下を爆撃するB-29の大編隊に対する当時の人々の怒りと絶望を観客に思い起こさせる。これらはいずれも戦争被害者のクリシェ的表現ではあるが、それが喚起する戦災の記憶こそが、『ゴジラ』の映画的リアリティと言えよう。

だが『ゴジラ』が日本人にとっての「国民映画」となったのは、本作が戦後の日本人に「核被爆犠牲者としての日本」という自己像を提供したからである。物語の終盤で即席の野戦病院に収容された人々の姿が映し出されるが、彼等は核/戦争の犠牲者であり、そこにはゴジラの吐く放射線に被爆した幼い子供達も含まれている。ガイガーカウンターを手に彼等を診察する医師は、一人の少女の被曝状況を確認して無念そうに頭を振る。この場面によって過去の空襲及び原爆の記憶と、水爆実験という現在の現実とが架橋される。勿論『ゴジラ』は物語/虚構(フィクション)に過ぎないが、しかし核/戦争の隠喩(メタファー)としてのゴジラに翻弄される都民の姿に、観客は無辜の犠牲者という新たな自己認識(アイデンティティ)を見出すこととなる。

こうした「戦争の犠牲者」という自己認識(アイデンティティ)は、フォークナーが「日本の若者たちへ」で提供したそれと基本的には同じであり、同様に太平洋戦争の記憶の再解釈を促す契機となる。スーザン・ネイピア(Susan Napier)はそうした『ゴジラ』の機能について、以下のように具体的に説明して見せる。

> 私自身を含めて多くの研究者が、第一作目のゴジラは――それと核実験及び放射能との関連を考慮すると――多くの点で核爆弾を置き換えたものであり得ると考えている。その筋書きと、最終的には幸福なその結末――日本の科学力がゴジラを倒す――は、それ故文化療法(カルチュラル・セラピー)の一形式として解釈できるだろう。それは戦争に敗北した日本人に、パニックや破壊の場面を見ながら戦時下の空襲のトラウマを克服させ、そして映画の幸福な結末と共に、日本人の壊滅的な敗北を再想像し書き換えるきっかけを与えてくれるのだ。(10)

ネイピアの議論は精神分析治療を念頭に置いている。過去から現在に亘って存在する「現実(ザ・リアル)」というトラウマを共有し、それを何らかの形で解消／克服するためには、このトラウマの症候化／虚構化が必要であり、その過程を通じてのみ我々の現実(リアリティ)は再構築され得る。ネイピアは『ゴジラ』を、戦災の記憶を「書き換える」ための「文化療法(カルチュラル・セラピー)」と看做すが、マーク・アンダーソン（Mark Anderson）は更に踏み込んで、本作を太平洋戦争に対する「国民的な喪の行為」(23)と看做す。フロイトの『喪とメランコリー』に依拠しつつ、彼は次のように『ゴジラ』の基底を成す「日本人の国民的憂鬱症(メランコリア)」を喝破する。

> 怪獣ゴジラの登場とこの映画シリーズの息の長い人気を、少なくとも部分的には、日本の国民的憂鬱症(メランコリア)の症候として解釈しないというのは無理がある。憂鬱症患者は他者に対する愛憎半ばする(アンビヴァレント)感情を抱く。合衆国による破壊と敗北を経て、［大東亜］解放戦争が人道への罪とされた後、また曾

> て美徳の規範とされた日本軍が戦争犯罪で告発された後、合衆国と、自国の戦争犠牲者に対する日本人の感情が、愛憎半ばする（アンビヴァレント）感情を含んでいたことに疑念の余地があろうか。この病の過程には、一八五〇年代以降、占領国政府が解放の名の下に近代化に乗り出し、その近代性と条約の拘束力によって伝統的な日本とその本質が破壊され喪失した事実を拒否しようとする態度が含まれ得る。それは正義を行おうとする軍隊として日本が世界の指導者となるという理想が、外部の世界によって今や歴史的不公正へと再解釈されて失われたことを認めようとしない、或いは軍事的占領と冷戦下における同盟関係によって嘗ての関係性が再定義されたために、自身の敵であった合衆国に対する敵愾心を公然と表明することができないということを受け入れようとしないということである。ひと度戦争における日本の行為が不正義とされるや、日本の植民地帝国と国際的覇権の喪失について公的に哀悼の意を表明することもまた極めて困難となったのだ。（26-27）

敗戦によって大東亜戦争の正当性が否定され、救世の聖戦が戦争犯罪となることで、「戦争犠牲者」に対する「哀悼の意を表明する」機会を失ったことに起因する葛藤（アンビヴァレンス）が、アンダーソンがポストコロニアル的観点から指摘する「国民的憂鬱症（メランコリア）」という症候である。過去の戦争の記憶と、現在の核の脅威とをゴジラという隠喩（メタファー）へと昇華するなしに、戦後の日本人の自己形成は不可能だったともいえよう。『ゴジラ』が戦後の日本人にとっての「国民映画」たり得たのは、この文脈においてである。

同時に、それは敗戦の痕（きずあと）をいかに癒すかという問題でもある。映画『ゴジラ』の持つ「暗さ」について論じた川本三郎は、そうした治療の必要性について次のように述べる。

『ゴジラ』は「戦災映画」「戦禍映画」である以上に、第二次大戦で死んでいった死者、とりわけ海で死んでいった兵士たちへの「鎮魂歌」ではないのかと思いあたる。〝海へ消えていった〟ゴジラは、戦没兵士たちの象徴ではないか。［…］東京の人間たちがあれほどゴジラを恐怖したのは、単にゴジラが怪獣であるからという以上に、ゴジラが〝海からよみがえってきた〟戦死者の亡霊だったからではないか。［…］生き残った戦中派は、『ゴジラ』を作り、一度、死者たちに詫びる必要があったのだ。それをやらないと先に進むことができなかったのだ。（八六―八八）

アンダーソンの分析を、『ゴジラ』は戦死者への贖罪のための「鎮魂歌」だという川本の指摘と併読すれば、本作には何故在日米軍も天皇／皇居も登場しないのかも自ずと分かる。それらは戦後の日本にとって、敵としても味方としても凡そ想起することすらできない抑圧の対象であり、この「鎮魂」と「勝利」の物語は、ただ戦争を生き延びた日本人の手だけで完成されなければならない。こう考えれば、本作が芹澤博士の「特攻」で終わるのも首肯できる。彼は先の戦争で酷い傷を負ったために婚約者の恵美子を失い、一方では水爆に匹敵する破壊兵器を開発したために良心の呵責に苛まれている。彼は言わば遅れてきた復員兵であり、だからこそ彼を措いてゴジラを鎮められる者はいない。だがその勝利は、決して寿ぐことを許されない。英雄であるべき芹澤博士の死を悼み、悲嘆と沈痛のうちに終わる『ゴジラ』の物語は、アンダーソンの言う「国民的憂鬱症（メランコリア）」を抱えたままその幕を閉じることとなる。

四.「文化療法（カルチュラル・セラピー）」としてのフォークナーのレトリック

再びフォークナーに話に戻せば、彼が「日本の若者たちへ」を通じて日本人に施したのも、こうした国民的憂鬱症（メランコリア）に対する「文化療法（カルチュラル・セラピー）」である。彼が示したのは、敗戦という苦境を通じた日本の文化的復興の未来であり、それが日本の新たな「自己像を作り上げ」（二五四）たと竹内は指摘する。ネイピアが述べるように、この「文化療法（カルチュラル・セラピー）」が本質的に「幸福な結末」を指向するなら、それは『ゴジラ』よりも遥かに心地よい物語として受け入れられ、それ故こうしたトラウマを解消することにもなるだろう。

だが注意したいのは、フォークナーが語る未来は、彼自身にとってもある種の虚構（フィクション）／嘘であり得る点である。例えば来日中のフォークナーは合衆国の人種問題について問われる度に、それは「経済的問題」（*FN* 129, 166-67）に起因するもので「いずれ消えゆくものだ」（*FN* 77）と繰り返すしかなかった。彼自身の人種意識について確認する紙数はないが、二十世紀前半の南部に生まれ育ち、合衆国の文化使節として来日したこの作家にとって、当時の南部の人種問題が容易に語ること能わざる「現実（ザ・リアル）」であったことは論を俟たない。同様に彼が日本の若者に対して示す南部の姿と自由民主主義の理想自体が彼一流の韜晦であり、何らかの「現実（ザ・リアル）」を抑圧した結果であり得ることは留意すべきだろう。「日本の若者たちへ」最終段落には、次のような、自由民主主義を称賛するアジテーションまがいの一節がある。

現在の世界は、［自由主義と共産主義の］二大陣営が、互いに相容れないイデオロギーという形で対峙している救いようのない戦場だと考えられています。私はこれが二つのイデオロギーだとは思いません。そのただ一方だけがイデオロギーなのです。何故ならもう一方は、如何なる政府も、その国民の同意という歯止めなしに存在してはならないという、人類の信条に過ぎないからです。このうちの一方だけが政治形態とかイデオロギーというものであって、もう一方は相互の自由について相互に信用する人間相互の状態に過ぎないからです。そこでは政治とは、すべての人が自由であるという状態を築き有効にしておくための、不器用な方策の一つに過ぎないのです。（188）

ここでフォークナーが用いたレトリックは殆ど詭弁である。冷戦下のイデオロギー対立に言及した後、その一方（共産主義）のみをイデオロギーと呼び、他方を「人類の信条」として容認する論理矛盾は、正にその矛盾自体を抑圧することで、それ自体が強固なイデオロギーとして機能する（そして正にそれこそが、彼が合衆国の文化使節として課せられた役目でもある）。だが東西両陣営のイデオロギー対立という見掛けの裏に、自由主義社会という「理想」を提示することで、恰もそれこそが真に選択すべき対象であるかのように読者に思わせるのが、フォークナーの論理破綻したレトリックの本質である。それが抑圧するのは、『ゴジラ』において表象され得なかった敗戦の原因、即ちアメリカによる破壊と天皇制の存在である。これらの忘却こそが、日本が自由主義陣営に組み込まれるために必要であった。[3]

精神分析治療の過程における分析者の役割は、患者の症状を共有しそれを解消する物語／虚構（フィクション）によって、患者にとって直視できない「現実（ザ・リアル）」を置換し、そうすることでその症状を形成するトラウマそのものを再び抑圧することである。その際、その物語を紡ぐ分析者が、患者の求める物語の真実性を信じる必要は全くなく、必要なのは語られる物語が、患者にとって十分な現実（リアリティ）を持つか否かである。ならばフォークナーが「日本の若者たちへ」で提示した物語が、「文化療法（カルチュラル・セラピー）」として読者である日本人の葛藤（アンビヴァレンス）を解消する過程において、同時に何か別の要素を抑圧していたとしても驚くべきではない。来日時のフォークナーに接した日本人は、その質朴誠実な為人に深く感銘し共感したという。それはフォークナーが偉大な作家としてだけでなく、人間の真理について語る賢人と看做されたことと表裏一体を成す。頑固で偏屈な態度や、非常な人嫌いという、巷間知られたフォークナーの「公的な」ペルソナの裏に、自分達日本人と同じ人間としての親しみと、偉大なリベラル・ヒューマニストとしての「私人」の姿を見出す時、人はフォークナーに深い信頼と尊敬の念を抱くだろう。[4] だが正にそれこそが、フォークナーが上述の一節で展開した、見事なまでに破綻したレトリックの効果――トラウマの治療を求める「患者」である日本人の欲望に答える、分析家であり作家としての機能――であり、彼の合衆国文化使節として果たすべき役割であったとしたらどうだろうか。フォークナーの日本訪問の意義について考える時、彼の滞在前年に『ゴジラ』が提示した「国民的憂鬱症（メランコリア）」を、フォークナーの来日の後も永く日本人が共有してきたことを思い起こすべきではないだろうか。

注

（1）フォークナーの訪日と、彼のエッセイ「日本の印象」及び「日本の若者たちへ」との政治的関連、及び映画『ゴジラ』の持つ政治性について、論者は既に以下の三本の論文でも論じている。そのため、本論はこれらと一部内容が重複していることを、予め断っておく。

森有礼、「現代表象文化論〈5〉「あの戦争」の記憶：『ゴジラ』(1954)における戦争体験と反復強迫」『国際英語学部紀要』一九（二〇一七）所収。同、「フォークナーの日本訪問と、アメリカ文化外交における「戦後」――フォークナーの「日本の印象」及び「日本の若者へ」を『ゴジラ』(1954)と共に読む――」『国際英語学部紀要』二四（二〇一九）所収。同、「日米における国民作家フォークナーの創生――*Faulkner at Nagano* からみる合衆国の文化外交戦略とその受容――」『中京英文学』四一（二〇二一）所収。

(2)本論では詳しく述べないが、越智博美は冷戦期におけるアメリカのアジア表象の再創造という文化戦略を、クリスティーナ・クラインの定義を用いて「冷戦オリエンタリズム」と看做し、そこに「男性に対して従順な『ゲイシャ』というイメージ」(越智 一四五)を付与することで、女性表象の「政治的な従順さ」を自然なものに見せるというジェンダー表象の構築を指摘する(一四四‐四六)。「日本の印象」におけるフォークナーの女性表象は、本人がどこまで自覚していたかはともかくとして、当時のこうした文化戦略を踏襲しており、それは彼の合衆国文化使節としての任務と歩を合わせているように思える。

(3)『ゴジラ』において在日米軍と天皇／皇居が映像表象から抹消されたように、「日本の若者たちへ」においても、日本における戦災の記憶は米軍との戦闘及び原爆という文脈から遊離され、一種の厄災の記憶へと転化されている。そのことによって太平洋戦争の責任もまた曖昧化されており、天皇(制)について想起させることなくこのエッセイは展開する。こうした忘却のレトリックに対して、赤坂は、現人神であることを止めて戦争責任から身を引いた天皇に対する英霊の怨嗟を対峙させている(一九九二：一三‐一七)。

(4)フォークナー自身、日本訪問に「文学者としてでなく、一人の人間」／「私人」(藤田 九九)として臨むことを希望していた。こうしたフォークナーの「私人」としての振舞いが、日本滞在中に多くの文学者や研究者を魅了した事実、またそうしたフォークナーとの交流から、日本におけるフォークナーの評価が確立していったことは、森(二〇二一)で論じられている。

引用文献

赤坂憲雄『ゴジラとナウシカ　海の彼方より訪れしものたち』(イースト・プレス、二〇一四年)。

――「ゴジラは、なぜ皇居を踏めないか　三島由紀夫『英霊の聲』と『ゴジラ』が戦後天皇制に突きつけたものとは何か?」『怪獣学・入門!』別冊宝島　映画宝島 vol. 2.(JICC出版局、一九九二年)、一三―一七頁。

越智博美「カワバタと「雪国」の発見――日米安保条約の傘の下で」遠藤不比人編著『日本表象の地政学　海洋・原爆・冷戦・ポップカルチャー』(彩流社、二〇一四年)、一三七―六〇頁。

小野俊太郎『ゴジラの精神史』〈フィギュール彩〉(彩流社、二〇一四年)。

加藤典洋『さようなら、ゴジラたち――戦後から遠く離れて』(岩波書店、二〇一〇年)。

香山滋『ゴジラ』一九五五年。／〈ちくま文庫〉(筑摩書房、二〇〇四年)。

川本三郎「ゴジラはなぜ『暗い』のか」『今ひとたびの戦後日本映画』一九九四年。／〈岩波現代文庫〉(岩波書店、二〇〇七年)、七三―八八頁。

小林豊昌『ゴジラの論理』(中経出版、一九九二年)。

小林良江「日本における反核運動に対する一考察」『群馬県立女子大学紀要』第三四号(二〇一三年二月)、一一三―二三頁。

佐藤健志「ゴジラはなぜ日本を襲うのか――『ゴジラ』(第一作)から『ゴジラ vsキングギドラ』まで」『ゴジラとヤマトとぼくらの民主主義』(文藝春秋、一九九二年)、八三―一一〇頁。

志水義夫『ゴジラ傳――怪獣ゴジラの文藝学――』〈新典社選書〉(新典社、二〇一六年)。

竹内理矢「フォークナーの見つめた「近代」日本――芸者人形とアメリカ南部――」野田研一編著『〈日本幻想〉表象と反表象の比較文化論』(ミネルヴァ書房、二〇一五年)、二四五―七〇頁。

藤田文子『アメリカ文化外交と日本　冷戦期の文化と人の交流』(東京大学出版会、二〇一五年)。

本多猪四郎『ゴジラ』(東宝、一九五四年)、〈DVD〉(二〇〇一年)。

森有礼「現代表象文化論〈5〉「あの戦争」の記憶：『ゴジラ』(1954) における戦争体験と反復強迫」『国際英語学部紀要』一九（二〇一七年）、一―一四頁。

――「フォークナーの日本訪問と、アメリカ文化外交における「戦後」――フォークナーの「日本の印象」及び「日本の若者へ」を『ゴジラ』(1954) と共に読む――」『国際英語学部紀要』二四（二〇一九年）、一七―三二頁。

――「日米における国民作家フォークナーの創生――*Faulkner at Nagano* からみる合衆国の文化外交戦略とその受容――」『中京英文学』四一（二〇二一年）、一―二四頁。

Anderson, Mark. “Mobilizing *Godzilla*: Mourning Modernity as Monstrosity.” Tsutsui 21-40.

Faulkner, William. “Impressions of Japan.” Jelliffe, 178-84.

———. *Impressions of Japan*. USIS. N.d. Video.

———. “To the Youth of Japan.” Jelliffe, 185-88.

Jelliffe, Robert A., ed. *Faulkner at Nagano*. Kenkyusha, 1956.

Klein, Christina. *Cold War Orientalism: Asia in the Middlebrow Imagination, 1945-1961*. U of California P, 2003.

Napier, Susan. “When Godzilla Speaks.” Tsutsui 9-19.

Picon, Leon. “Faulkner—the Man” MS. The Louis Daniel Brodsky Collection in the Kent Library at Southeastern Missouri State University. Leon Picon to Louise Brodsky. N.d.

Tsutsui, William M. and Michiko Ito, eds. *In Godzilla's Footsteps: Japanese Pop Culture Icons on the Global Stage*. Palgrave Macmillan, 2006.

第六章

フォークナー来日と日本におけるアメリカ文学の制度化

越智　博美

一．はじめに

ウィリアム・フォークナーの来日は、日米関係が微妙な時期に実現した。折しも在日米軍の立川基地拡張をめぐる砂川闘争の開始、あるいは前年の第五福竜丸事件を受けての第一回原水爆禁止世界大会など、およそアメリカに対する反感が高まらない理由がないような政治と社会の状況において、その善人ぶりを前面に出した小柄なアメリカ人としての彼の印象は、敗戦後一〇年のその年に、日米の親睦を演出するのにうってつけであっただろう。彼の善き人としての来日は、同時に、戦後の占領政策の一環でもあったアメリカ文学研究の制度化を決定的なかたちで方向づけるものでもあった。政治学者で、マーシャルプラン策定にも関わったマクジョージ・バンディが、地域研究を「戦略情報局（Office of Strategic Services）から直接生じたもの」（Bird 171）と述べたように、そもそも地域研究とは、軍事政策と地続きのものであった。日本におけるアメリカ文学研究、アメリカ研究もまた例外ではない。

アメリカ文学研究、アメリカ研究は、「あらたな文化帝国主義の商品」（Rowe 28）であったが、当然のことながらそれは、それが伝えられる先の文脈によりその実施のかたちも変わるだろう。本章は、第二次世界大戦後の日本という文脈に、アメリカ文学が何を目的として導入されたのかを考察し、その象徴的な存在としてウィリアム・フォークナーとその来日を位置づける試みである。

二．冷戦期アメリカ文学研究の生成——何を読むべきか、いかに読むべきか

戦前の日本においては、アメリカ研究は、ひとつの研究分野として、あるいは学会などの組織として形を成すには至っていなかった。それは、アメリカにおいて、第一次世界大戦以降にはじめて自国の文学が見直されたこと（Vanderbilt 185-300）とおそらく無関係ではない。そのころシカゴに留学した高垣松雄による『アメリカ文学』（一九二七）は、発展途上にある熱気を伝えるものであった（斎藤光「アメリカ文学」八四-九五）。高垣の一連の仕事は、自身が学んだ時期のアメリカ文学を反映し、プロレタリア文学への関心が強く、また文学の歴史的背景を考えるために依拠したのはおもにヴァーノン・パリントン、ラッセル・ブランケンシップ、V・F・カルヴァートンであった（斎藤光「アメリカ文学」八九）。[1]

戦後は、立教大学で教える高垣と仕事を共にした研究者——龍口直太郎、西川正身、杉木喬ら——

が日本アメリカ文学会の草創期を支えていった。また関西では、高垣と同世代の志賀勝が戦後まもなくロスト・ジェネレーションなどを考察の対象に加え、冷戦期の正典へと接続するような素地を作っていた（斎藤光「アメリカ文学」九一-九七）。そうはいっても、終戦直後は、アメリカ文学への関心が高まったにも関わらず、書籍がないことが大問題でもあった。実際、戦後一、二年のあいだに高垣一派や志賀によるアメリカ文学関連書籍が一〇冊以上出版されるも（斎藤光「アメリカ文学」九六）、最新の書籍や研究動向に触れるには、連合国軍最高司令官総司令部（ＧＨＱ／ＳＣＡＰ）の民間情報局（ＣＩＥ）が各地に設置した図書館の本や雑誌ほか、兵隊が売り払った兵隊文庫（Armed Service Edition）など、その情報源は限定的であった。[2] 実際、斎藤光が一九五〇年に東京大学で開講した「アメリカ文学」講義で学生に配られた参考文献表によれば、戦前の主たる研究書であったブランケンシップの『アメリカ文学（American Literature）』（一九三七）は大学図書館にあるものの、パリントンの『アメリカ思想の主潮流（Main Currents in American Thought）』（一九二七-三〇）、および戦後の代表的な文学史となるロバート・スピラー他による『アメリカ文学史（Literary History of the United States）』（一九四八）は、大学にはなく、ＣＩＥ図書館所蔵であると示されている。[3]

戦中には情報の更新がほぼ途絶え、終戦直後はアメリカ文学関連書籍へのアクセスが限定的であったことによって、戦後のアメリカ文学研究は、アメリカにおける研究情報を比較的再現度高く輸入したものとなるが、その導入の場として象徴的な意味を持つのが、一九五〇年から一九五六年まで開かれていたスタンフォード大学＝東京大学アメリカ研究セミナーである。

占領期の文化政策は、軍事政策の文脈にある。占領当初の「個人の自由を求める欲求」を日本人が持つことを求めるSWNCC 150/3に続き、その後国家安全保障会議の定めたNSC48/2においても、いかなる提携関係も、「参加する国家が相互のために協力する」(Etzold and Gaddis 270) ためであるとされ、この占領が一方的な押しつけではない自主参加という体裁を取っているという点で、こうした自主的参加は、民主主義と切り離せないものとして理解されている。この自主性の醸成こそ、松田武の述べる「ソフト・パワー」の文化政策が目指すものであり、そのためには「教育」は極めて大きな意味を持つ。果たして、スタンフォード大学発案のセミナーもまた当初は講和条約後の「反米的な感情を封じ込める」べく構想された。このセミナーは、同じくロックフェラー財団の資金援助で一九四七年より続くザルツブルク・セミナーをモデルにし、当時形成途上であったアメリカ研究を牽引する研究者――文学の分野ではレオン・ハワード(一九五一年)、ペリー・ミラー(五二年)、ヘンリー・ナッシュ・スミス(五三年)、レオン・ハワード(五四年)、ハリー・レヴィン(五五年)、マーク・ショーラー(五六年)――が、夏に一ヶ月にわたり日本人研究者に講義や演習を実施するというもので、ザルツブルク同様、講師との対等な関係によるディスカッションが民主主義のひとつのイメージを与えるものとして重要視されていたほか("American Studies in Japan" 7)、講義関連の書籍が揃う図書室も設置されていた。(4)

このセミナーで取り上げられたアメリカ作家と、またそれを読むために伝授された新批評的な精読は、いわゆるアメリカ文学の冷戦コンセンサスが形成されつつあったことを明瞭に示している。来日したアメリカ文学者すべてのセミナーに関わった斎藤光によれば、メルヴィル研究のハワードは、五一年には、アメリカ文学の研究について、またその歴史についても語り、ミラーは、チャールズ・ブロックデン・ブラウン、ジェイムズ・フェニモア・クーパー、ホーソーン、ポー、とりわけメルヴィルの『白鯨』の議論に五時間を費やしたのち、マーク・トウェイン、ヘンリー・ジェイムズを取り上げ、その後、フォークナーを含めたロスト・ジェネレーション作家にシンクレア・ルイス、セオドア・ドライサーなどのリアリズム作家を加えてアメリカ文学の主要作品を組み立て、「エマソンと民主主義」と題した公開講演も行なった。五三年のスミスは、エマソン、ホーソーン、トウェイン等を取り上げ、公開講演では二〇世紀前半のアメリカ文学を語った（斎藤光「アメリカ文学」二八―二九）。五五年のレヴィンは、斎藤の要請を受けて詩を講義した（"Correspondence from Saito to Levin Feb. 2, 1955"）。ことに彼が教科書に指定したオスカー・ウィリアムズ編『アメリカ名詩集（A Little Treasury of American Poetry）』（一九四八）は、同じ編者による『現代名詩集（A Little Treasury of Modern Poetry）』（一九四六）とともに、モダニズム詩――アメリカのモダニズム詩雑誌『フュージティヴ』で使われていたような意味での――を中心に据えた編成になっており、当時ハーヴァード大学の英文科でもしばしば教科書として指定されていた（Sillabi）。[5] レヴィンはポー、ホイットマン、ディキンソンらを取り上げつつ、パウンドやエリオットなどの現代詩人に多くの時間を割いた。ここまで見てくると、いわゆるアメリカン・ルネッサンスの作家、トウェイン、ジェイムズ、そしてフォークナーやエリオット、あるいはウォレス・スティーヴンズが重要視される冷戦期の正典が見えてくるだろう。

ヘンリー・ナッシュ・スミスは、上記の作家を選ぶ主流の文学観も伝えた。リアリズムや、それがはらむオプティミズムはもはや主流ではない。別の言い方をするなら、パリントンの歴史学もスタインベックも過去のものである。むしろアメリカ文学のペシミズムの伝統に寄り添うなら、それは「ポー、ホーソーン、メルヴィル、ディキンソン、ジェイムズ、エリオット、ヘミングウェイ、フォークナー」なのである（K．T．四六二）。右肩上がりの「進歩」への深い懐疑は、当時、冷戦コンセンサスの形成に力を持った『自由主義的な想像力』（一九五〇）においてライオネル・トリリングが、パリントンの歴史観やリアリズム小説を批判的に捉える眼差しと共通するものである。ラッセル・ライジングが述べるように、トリリングは新批評家ではないが、進歩主義で捉えないことによって、歴史や現実は「多義性とパラドックスとアイロニー」（Reising 95）に満ちたものになり、新批評の発想と親和性を持つことになる。斎藤光が一九五五年に行なったアメリカ文学講義の参考文献表は、この間の変化を裏書きしている。そのリストにはもはやブランケンシップも、パリントンもない。また、一九五〇年の斎藤のリストにも出ていたが、CIE図書館にしかなかったスピラーの『アメリカ文学史』（一九四八）は、大学に配備されている。このリストには、アルフレッド・ホフマン『アメリカの現代小説――一九〇〇-五〇』（一九五一）、ウィリアム・ヴァン・オコーナー『批評の時代――現代アメリカの批評文学一九〇〇-五〇』（一九五二）の原書が入っているが、これらは後述するように、一九五五年に翻訳が出版された（斎藤光「講義ノート」）。

レヴィンは、詩のあらたな正典のみならず、その「精読」を実地に見せた。木内信敬は、韻律含め一行ずつ丁寧に読んでいたことを報告している（木内 四五三）。精読は新批評の手法ではあるが、それが『英語青年』に登場したのは一九四八年九月号である。著者は、『タイムズ・リテラリー・サプリメント』に依拠したその記述のなかで、一九四〇年に『ケニヨン・レヴュー』が開始し、戦時中の中断を経て『スワニー・レヴュー』が四七年再開した「文学を教える」連載に登場するアメリカの一連の批評家――クレアンス・ブルックス、ルネ・ウェレック、R・P・ブラックマー、ライオネル・トリリング、J・C・ランサム、R・P・ウォレン等――の名前を拾い出している（W. E. D. 二七八）。一一月号では、N. R. T.（成田成寿であろうか）による米英の批評紹介が出ているが、『ケニヨン・レヴュー』の批評家たちのことを挙げながらも、書籍は手にはいらないために「～であるらしい」という語尾を重ねて推測している（N. R. T. 三三八）。より明瞭になるのは、一九四九年、七月号の成田成寿の手になる文章によってである。四八年以来気にかけて『ヴァージニア・クォータリー・レヴュー』や『ケニヨン・レヴュー』の記事に注目した結果、批評の源泉としてエリオット、あるいはI・A・リチャーズらがいることや、作品そのものに目を凝らすこと、それがマルクス主義を含めた社会的なものを加味する批評と対立する立場であり、一定の力を持つに至ったところまでを報告している。ここで情報源となっている文学雑誌は、CIE図書館では標準的に備えられていたものだが、スタンフォード大学＝東京大学アメリカ研究セミナーは、そうした雑誌において語られる読みの実践の一端に触れる場でもあったのだ。小川和夫の概説書『アメリカ文学における新批評』の出版は、この成田の記事から五年後の一九五四年のことである。

米国大使館と米国大使館文化交換局（USIS）主催の長野セミナーは一九五三年より始まり、アメリカ文学の教員の質を高めること、日米の教員の交流を目的としていた（藤田 九三–一二二）。ことに著名な人物を招くことを目指した一九五五年のフォークナーと翌年のブラックマーは、まさしく読むべき小説を書いた人とあるべき読み方を指南した人の来日であり、さながらこの一連のアメリカ文学導入の、総仕上げである。フォークナーのみならず、ブラックマーの講義もまた、『アメリカにおける新批評』（*New Criticism in the United States*）として一九五九年に研究社から出版される。一九五六年は、スタンフォード大学＝東京大学のセミナーの最終年度でもあった。『英語青年』一九五六年一〇月号は、ブラックマーを表紙にして冒頭にブラックマーのかなり大きな特集を組み、そこに参加できなかった人のために、彼の講義のひとつ“Art for Art's Sake Remembered in Japan”が再録されたほか、佐伯彰一の新批評論、新批評の本を出した小川和夫による新批評紹介が掲載された。また、高村勝治が、マーク・ショーラーの“Technique as Discovery”を援用した新批評の解説に加え、そのショーラーの論文が斎藤光の訳注と解説つきで掲載された。この号の特集をもって、新批評はその系譜を含めて説明が完結したと見なせるだろう。また、同じ号の巻末近くでは、スタンフォード＝東京セミナーの報告とブラックマーのセミナーの報告が同じページに並び立っている。前者のアメリカ文学講師マーク・ショーラーは「New Criticism の陣営に属する」研究者であり、セミナーにおいてドライサー、シンクレア・ルイス（当時ショーラーはルイス伝を執筆中である）、ヘミングウェイ、フォークナーを一冊ずつ読んでいたが、この報告を書いた小林健治は、ショーラーがフォークナーの『死の床に横たわりて』を扱う際に、「この作品の final meaning について書き上げてきた論文を約一時間半にわたって読んでゆき、Faulkner への心酔ぶりを見せた」としている（小林　五二〇）。同じページの渡辺茂によるブラックマーの長野セミナーのレポートでは、このセミナーにおいても、スタンフォード＝東京同様にグループ・ディスカッションがあり、そこで講義の内容について議論を深めたことも報告されている。レオン・ピコンは『アメリカにおける新批評』前書きで、「作品それ自体」を深く取り扱う講義を聴いて、参加者が「あらたな批評のかたちに出会った」と述べていたことを紹介している（iii）。東京（や京都）、長野で行なわれていた一連のセミナーは、何を、どのように読むのかをめぐる冷戦期のアメリカ文学をめぐるコンセンサスを導入するイベントであり、研究者たちが顔を合わせて話し合う場ともなった。[6] 最終的に長野において、フォークナーとブラックマーがそれを体現したと言えるだろう。

三　アメリカ文学会設立に向けて――読むべきものの配備

何をどのように読むべきかに関して、前節のような各セミナーや、『長野におけるフォークナー』を編纂したジェリフのような、フルブライトで来日した教員による各地の大学での授業や講演会、また『英語青年』を通じての情報共有は、大きな役割を果たしていたはずである。大使館はさらに、翻訳に値するアメリカで出版された書物を紹介する『米書だより』を一九五三年に、またアメリカ研究の重要な雑誌論文を翻訳して掲載した『アメリカーナ――人文・社会・自然』を一九五五年に創刊した。ことに前者においては、読むべきものを訳すことの必要性が龍口直太郎、西川正身といったアメリカ文学研究者によって盛んに主張されてもいた。[7] またベスト・セラーや「通俗」作家ばかりを訳していては「一般読者」の「正当な理解」を妨げるとした主張は『英語青年』においても、日本翻訳家協会設立に尽力した平松幹夫によって繰り返されていたが、平松は翻訳を文化交流の問題として位置づけたうえでそのように主張していたのである（平松　五三一―三二）。この主張が、具体的なかたちを取ったのが、文学作品と文学研究の翻訳である。さらに日本人研究者の手になる教科書も続々と出版された。注目すべきはこの間に日本アメリカ文学会設立への道が作られていったということである。日本アメリカ文学会の公式ホームページによれば、この学会名の初出は一九五六年で、現在の日本アメリカ文学会東京支部に相当する。これは一九四六年に立教大学を拠点として設立されたアメリカ学会（全国組織としての発足は一九六六年）内のアメリカ文学者が一九五三年に作ったアメリカ学会文学部会が五六年に独立したものである。東京以外にもすでに一九五〇年頃より各地域にアメリカ文学会が立ち上がっていたが、それが正式な全国組織となり、その他地域の支部との連携は一九六二年に成立し、その会長は山屋三郎、その後杉木喬、刈田元司、大橋健三郎と続いていく（日本アメリカ文学会）。

学会創設におおいに関与することになる研究者たちはまた作品、研究書の翻訳にも関わっていた。評論社20世紀アメリカ文学研究叢書は、大使館からの補助を受け、レイ・B・ウェストJr.『アメリカの短編小説』が龍口直太郎、大橋吉之輔訳で、F・J・ホフマン『アメリカの現代小説』が高村勝治、大橋健三郎訳で、W・V・オカーナー『批評の時代』が大竹勝、皆河宗一訳で、「アメリカ学会文学部会責任編集」と銘打って一九五五年に立て続けに三冊出版された（『大橋吉之輔先生・大橋健三郎先生』一七）。同シリーズは他にも、ルイーズ・ボーガン、西崎一郎、永田正男訳『アメリカの現代詩』（一九五七）をはじめとして、レオン・エデル、ライオネル・トリリングなどによる批評の基本書が何冊か出版されることになる。また、荒地出版社からは、『現代アメリカ文学全集』二〇巻が、当初GHQからの勧めがあり、その後大使館より援助を受け、杉木喬、山屋三郎、龍口直太郎、刈田元司を編集委員として一九五七年から五九年にかけて出版された。こちらも日本アメリカ文学会編集となる可能性もあったが、大橋らの反対でその表記はされなかった（『大橋吉之輔先生・大橋健三郎先生』一八）。研究社からもアメリカ文学選集として、荒地出版社のシリーズを補うように、ワイルダー『わが町――他四編』（松村達雄、鳴海四郎訳）、サローヤン『人間喜劇』（小島信夫訳）、フィッツジェラルド『偉大なるギャッツビー』（野崎孝訳）等が一九五七年より刊行された。さらに作家研究としてはミネソタ大学の作家パンフレットを元にして北星堂から出されたミネソタ大学アメリカ文学作家シリーズ（一九六四―六五、原著は一九五九に刊行開始。原著の四〇数巻までをほぼ順番に全九巻に収めている。）もまた、そうした名を冠するかどうか一時問題になり（『大橋吉之輔先生・大橋健三郎先生』一八）、第五巻までは日本アメリカ文学会監修となっている。またアメリカ文学会ではなくアメリカ学会によるものだが、東京大学の高木八尺を中心として、ロックフェラー財団のチャールズ・B・ファーズより入手した原書をもとに勉強会を開き、翻訳、編纂した歴史文書史料『原典アメリカ史』（岩波書店）の最初の五巻も一九五〇―五七年にかけて刊行されており（斎藤眞　一）、研究の基本の枠組みはほぼこの間に揃ったと言えるだろう。

これらの翻訳に関わった研究者が共同執筆した教科書のひとつが龍口直太郎、吉武好孝編『現代アメリカ文学』（有信堂、一九六〇）である。まえがきには、この時点で「妥当な見解にもとづく二種類のアメリカ文学翻訳叢書（研究社の『アメリカ文学選集』と荒地出版社の『現代アメリカ文学全集』）が現にその刊行をつづけており、研究の方面でも『20世紀アメリカ文学研究叢書』（評論社）などが相次いで出版されている」ものの、「適切な指導をあたえ、読書案内の役割を演じる」書物が少なく、ことに一九四〇年代以降はほとんどないために、「日本アメリカ文学会を中心とする」研究者に執筆を依頼した、とある（龍口、吉武　一）。構成は総説、作家論、作家研究、現代名作研究の四部からなり、ことに、現代のアメリカ小説、アメリカ劇、と分野ごとの総説を執筆するのは龍口直太郎、杉木喬、細入藤太郎、福田陸太郎、吉武好孝、作家論はフォークナー、ヘミングウェイ、スタインベック、ドス・パソス、コールドウェルをそれぞれ高橋正雄、谷口陸男、大橋吉之輔、大橋健三郎、大竹勝が、またフィッツジェラルドを高村勝治、キャザーを刈田元司、ロバート・ペン・ウォレンを山屋三郎が執筆しており、アメリカ文学会の初期の会長をはじめとする研究者が一堂に会した観がある。

『現代アメリカ文学』における、これらの作家についての評価は、評論社のフレデリック・ホフマン『アメリカの現代小説』とさして変わることなく、冷戦コンセンサスの批評的尺度を共有していると言えるだろう。スタインベック、ドス・パソス、コールドウェル、キャザーについては厳しい。たとえば大橋吉之輔は、スタインベックの『怒りのぶどう』は左翼的な部分とは別に作品のみを取り上げて考えた場合にヒューマニズムに裏打ちされた立派な作品であると評価しながらもそれ以降については「フォークナーなど一部の例外をのぞいて、アメリカの作家はどうしてこうまで「短命」なのだろうか」と切り捨てるかのようにその文章を終えている（大橋吉之輔　一三八）。

こうした評価を支える批評について言えば、巻末のアメリカ小説や文学史の参考書の一覧に、もはやパリントンもカルヴァートンも含まれてはいない。あらたにロバート・スピラーの『アメリカ文学のサイクル』（一九五五）、評論社訳でも出たレイ・B・ウェストJr.による『アメリカの短編小説』、また批評については、小川による新批評紹介の文献、細入藤太郎が『米書だより』や『アメリカーナ』に掲載した記事をはじめ、R・P・ブラックマー、クレアンス・ブルックス、ケネス・バーク、T・S・エリオット、ウィリアム・エムプソン、ジョン・クロウ・ランサム、ルネ・ウェレックとオースティン・ウォレン、ライオネル・トリリング等新批評ないしはそれに親和性が高い書籍が圧倒的に多くを占めるほか、概説書として、評論社から翻訳も出たヴァン・オコーナーの『批評の世紀』などが含まれている。

『現代アメリカ文学』においてもう一点目を引くのは、南部文学の存在である。第二部作家論には、先に挙げたように、一〇名中四名が南部作家――フォークナー、コールドウェル、ウルフ、ウォレン――であり、第四部の現代名作研究では、一三編の作品のうち、南部作家によるものはキャサリン・アン・ポーター『花咲くユダの木、その他』、トルーマン・カポーティ『遠い声、遠い部屋』、カーソン・マッカラーズ『心は孤独な狩人』、ユードラ・ウェルティ『デルタの結婚式』、テネシー・ウィリアムズ『欲望という名の電車』の五編が占める。さらに参考文献欄の「現代のアメリカ小説」という項目のリストには、南部文学研究のその時期の決定版とも言える、ルイス・D・ルービンJr.、ロバート・D・ジェイコブズ編『南部ルネッサンス』(一九五三)がはいっている。日本におけるアメリカ文学研究がアメリカにおけるそれとほぼ歩みを共にしようとするときに、南部文学がアメリカ文学の一角を占めている事態も、ともに輸入されているのだ。南部(文学)研究は、一九四〇年代には、おもに南部の新批評家がモダニズム作品の批評に適した新批評を非政治的なものとして打ち出すことによって冷戦期の文学をめぐるコンセンサス形成に寄与し、それによって、逆接的ながら、歴史と政治にまみれたかに見える「南部」のモダニズム作家をアメリカ文学研究に入れ込むことに成功したのだが[8]、しかしこのことはとりわけ日本という敗戦国におけるアメリカ文学研究にとっては重要な意味を持つように思われる。

四　南部・敗北・日本

来日したフォークナーは、「日本の若者たちへ」という文章において、南北戦争における南部の敗北と第二次世界大戦における日本の敗北を結びつけながら、同じ敗者の先輩として日本の若者に未来を見せようとした。だが、これを行なったのはフォークナーが最初ではない。その二年前の一九五三年のスタンフォード＝東京セミナーの歴史部門の講師として来日した、南部史研究者のC・ヴァン・ウッドワードである。その年は先に挙げた『南部ルネッサンス』刊行の年であり、南部の敗北こそ逆接的に普遍的であると主張したウッドワードによる一九五二年のスピーチ「南部史のアイロニー」（"The Irony of Southern History"）も収められている。同年に文学を担当していたテキサス出身のヘンリー・ナッシュ・スミスがアーカンソー出身のウッドワードと「南部代表団を組んだ」（Smith 一七）と述べたように、ウッドワードは南部出身というアイデンティティを出しながら講義を行なった。当時、日本においてアメリカ南部は、フォークナーではなく、むしろ前年に公開された映画『風と共に去りぬ』がもっぱらのイメージであった。ウッドワードはそれを理解すると、五五年のフォークナーのエッセイを予見させるような、日本と南部をつなぐアナロジーを使いながら講義を展開したのである。なにしろ一九五三年の夏、日本は「ヤンキーによる再建」の最中だったからである。ウッドワードは、「ヤンキーに再建されるとはどういうことなのか」と仮に聞かれたらどう答えるかという視点から講義をした（Woodward "Recollections" 16）し、受講者のひとり清水博もそうした発想をしてよいという励ましを受けていたと感じていた（清水 二五－二七）。アメリカ研究が「反米」感情の芽を摘むことを隠れた動機としているなら、勝利した側の中の敗北者たる南部と南部人の言葉は、大衆にアピールした『風と共に去りぬ』とあいまって有効であった可能性が高い。

ウッドワードの「南部史のアイロニー」は、冷戦期におけるフォークナーの受容の仕方を、つまり南部とそこにいる人間を、ひいては南部文学をアメリカ文学に必須の要素として研究することを下支えするレトリックを提供している。ラインホルト・ニーバーが『アメリカ史のアイロニー』（一九五二）において発した警鐘、すなわちアメリカがみずからの大義や進歩を信じる崇高な意志が、逆に善き世界を生み出さない、言い替えれば、当初の「美徳、知恵、力」とは逆の結果に至って、ソ連同様アメリカも専制的な政治に向かってしまうというアイロニー（Niebuhr XXiV）に応答し、ウッドワードはむしろ南部の歴史のアイロニーに、アメリカの歴史のアイロニーを救う契機を見て取るのだ。南部がその「敗戦、占領、再建を経験した」ゆえにアメリカにおける例外的な、あるいは「エキセントリック」な位置を占めることは、むしろ「ヨーロッパやアジア」のほとんどの国の人々と共通する経験を持つことに他ならない（Woodward, *The Burden* 187-190）。こうした歴史の語り方は「多義性、パラドクス、アイロニー」といった用語を多用するものとなり、いわゆる進歩的な史観を棄てた冷戦期のコンセンサス学派の記述となる。この南部のエキセントリックな位置づけこそが逆に世界に通じる普遍的な意義を持ち得るのである。このエッセイはその後『南部史の重荷』（一九六〇）に収められるが、同じく収録された「南部のアイデンティティを探して」においては、この敗北の経験が直接的に文学と結びつけられる。

フォークナー、ウルフ、ウォレン、ウェルティのあとでは、教養ある南部人は、自分が引き継いだものに無自覚ではいられないし、その永久の価値を疑うこともできないだろう……南部人としてのアイデンティティを否定し、「たんなるアメリカ人」でいることは今までになく難しいことだろう。それを否定してしまうことは、わたしたちの歴史を否定することになる。さらに、それは、アメリ

> カに対し、アメリカが必要としている遺産とある次元の歴史経験を与えないことにも繋がる。その遺産とは、豊かさ、成功、無垢といったアメリカの国家的な伝説よりもむしろ、より密接に人間の共通の運命に沿ったものなのだ。（Woodward, *The Burden* 25、傍点引用者）

一九五八年に書かれたこの文章には、ロバート・ペン・ウォレンが『ポータブル・フォークナー』に寄せた書評「カウリーのフォークナー」（一九四六）に通じる響きがある。ウォレンはすでにフォークナーの作品をたんに「北部に対する南部」という点から見なすのではなく、むしろ、「わたしたちの現代世界に共通な問題」、「わたしたち皆の苦境と問題」として捉えるべきだと主張しているのだ。ウッドワードがウォレンに献辞を捧げた『南部史の重荷』は、南部の歴史を、敗北を媒介に普遍に繋げることによって、ウォレンによるフォークナー解釈に、南部史からも承認を与える。ウッドワードの二年後に来日したフォークナーは、「日本の若者たちへ」において、ウッドワードの「敗戦、占領、再建」を再演して、南部の「土地も家も征服者に侵略され、征服者はわたしたちの敗北後も留まりました。わたしたちは敗北を喫した戦いに打ちのめされ……」と述べ、日本と南部を敗戦を介して結びつけたのである(Faulkner 185)。むろんこの「侵略され」という受動態を伴う「敗北」の語りが、南部の人種問題への責任と、日本の戦時中の侵略者としての責任を、曖昧にした可能性――ジョン・ダワーの言う「犠牲者」意識と「歴史的な忘却」に寄与した可能性（Dower 23）――、およびその影響は今後考察するべきものであるが、日本人と日本のアメリカ文学者にとっては、敗北を「抱きしめる」ことを容易にし、またそれが強みにもなりうるというメッセージでもあったろう。そのことはまた、まだ生々しい敗北の記憶を抱えながらも、アメリカ文学を誠実に研究し、学ぶことを助けたはずである。

一九三〇年代、多くの知識人がファシズムと戦うために共産主義に接近していたが、そこから冷戦期の非政治的な方向へ舵を切るにあたり、いくつかの象徴的な事件があった。そのひとつは、知識人も戦争協力の言論に関与すべきであるというアーチボルド・マクリーシュ――詩人であり、連邦議会図書館長、戦略情報局（ＯＳＳ）、戦時情報局（ＯＷＩ）の要職を歴任――に対して、『パーティザン・レヴュー』上で、この雑誌に縁の深いニューヨーク知識人が、それ以前には敵対関係にあった南部知識人とともに、文学の非政治性をこそ民主主義として擁護した「ブルックス＝マクリーシュ・テーゼ」論争（一九四二年）である。さらに、エズラ・パウンドに賞を与えるかどうかをめぐる「ボリンゲン賞論争」（一九四九年）を経て、批評の非政治性という、冷戦コンセンサスとも言うべきものが作られていった。[9]『南部ルネッサンス』においても、従来敵対していた南部の保守派知識人と進歩派の知識人がともに寄稿し、敗北を共通項として、いわば和解している。すでにローパー Jr.やリチャード・キングが指摘しているように、これは南部研究における進歩主義と保守的な農本主義者、別様の言い方をすれば「ノースカロライナ大学チャペルヒル校とヴァンダービルト大学」（Roper, Sr. ed 5-6）という二つの価値観の「友好関係樹立」（King 276）なのであり、『南部ルネッサンス』というアンソロジーにおいて南部文学の冷戦コンセンサスの形成が行なわれていると言えるだろう。[10]例えば保守派の論客リチャード・ウィーヴァーは、敗北という苦い杯を味わったことでいかに「例外」(anomalous) 的なアメリカ人になっているか (Rubin, Jr. and Jacobs eds. 24) を語り、ウッドワードの「エキセントリック」な南部人と共振する。

その後問題視されることになる、このような普遍へと接続される南部例外論に関して、マシュー・

D・ラシターとジョゼフ・クレスピーノが、的確にもその解体すべき源泉として名指すことにもなるのは、ウッドワードのレトリックである。『南部ルネッサンス』とは、南部文学における冷戦コンセンサスを伝えつつ南部文学の正典を伝えるアンソロジーなのである。

ウォレンが一九四六年に提示していたような、フォークナーを普遍につなぐことで脱政治化する解釈を呼び込む批評は、評論社シリーズのホフマン著、高村勝治、大橋健三郎訳の『アメリカの現代小説』（原著は一九五一）にも見られる（だからこそ大使館は訳すことを推奨したのかもしれないが）。ホフマンは一九三〇年代に南部で書かれた小説を二分し、一方にはフォークナーを頂点とし、ウェルティ、マッカラーズ、キャサリン・アン・ポーター、トルーマン・カポーティなどを「この地域への偏執から書かれ、地域的特性を広い（時には普遍的な）精神的関心に寄与せしめた」もの、もう片方にアースキン・コールドウェル、T・S・ストリブリングら「記録文学的」なものを置き、前者を高く評価するのだが、そもそもその二分法と評価枠自体はウォレンのエッセイに基づいている（ホフマン 一三〇）。このように高く評価される南部作家たちは、当然のことながら『南部ルネッサンス』においても繰り返される。フォークナー、ウォレン、ウルフ、［キャロライン・］ゴードン、カポーティはハイルマンが「南部の気質」で出した作家であるが、これはその後レスリー・フィードラーが『アメリカ文学における愛と死』（一九六〇）でもほぼ踏襲していくことになる。フォークナーの系列として女性作家たちの名を挙げるとき、彼はポーター、ウェルティ、マッカラーズを挙げ、さらに続く世代としてオコナーを挙げていくのである（478）。

龍口、吉武編『現代アメリカ文学』は、こうした流れの末に作られたものであることを思えば、龍口や吉武がウォレンやウッドワードを彷彿とさせる語りをしていることも不思議ではない。龍口は、フォークナーにとっての南部を「一つの地方を超えた神話であり、シムボルである」と普遍化し、吉武は、フォークナーが「ミシシッピ州の一小都市の社会の人間とその心理のみをえがいているにすぎないけれども、それは国境をこえて、世界中の人間の最も深い本性をゆり動かし、一般普通のわれわれの人間性とその心理をつよい感動をもってとらえずにはおかない」と賛辞を惜しむことがない（龍口、吉武 二一八、九六）。その吉武もフォークナーに続く南部作家として、ウェルティ、ポーター、カポーティ、ウォレンを挙げており、南部作家は、日本アメリカ文学会設立時期における、アメリカ文学研究の必須の一角を占めるようになっていた。

五．まとめ

占領政策に沿った文化政策の一環としてのアメリカ文学研究は、冷戦期に合わせて再構成された本国のアメリカ文学研究を、多くのアメリカ人研究者が直接教授するかたちを取りながら導入された。英語を母語としない日本人には、作品、批評、ガイドブック等の翻訳を伴う導入でもあり、その中でアメリカ文学研究は、学会の設立も含めて制度化された。何を読むべきであり、それをどう読むべきかをめぐる冷戦期のコンセンサスがもたらされる中で、その最大の象徴たるフォークナー、それに続くブラックマーの来日は、至高の研究対象と研究方法を体現する人物の来日として、一連の動きを象徴していたと言えるだろう。

とりわけ日本におけるアメリカ文学再導入の特徴は、敗戦をてこに、南部と日本を結びつけ、さらに敗北経験を普遍性へと結びつけるロジックにあった。それにより不均衡なはずの日米の関係はあたかも同等の立場による「友好関係」のような相貌を見せることになる。日米関係に不穏な影が差す一九五五年のフォークナーの来日は、『風と共に去りぬ』がミドルブラウの文化として流通させ、ウッドワードがアメリカ研究の中に持ち込んだ「敗北」を、世界的なノーベル賞作家でありながら田舎住まいの善き人として提示されたフォークナーを介して、普遍的な共有可能な遺産とすることで、アメリカ文学の研究を後押しすることにもなった。敗北を介してアメリカの友好国における誠実な研究者になること、敗北を介してフォークナーを愛し、ウッドワードやウォレンのように敗北を抱えた南部史と南部人に普遍性を読み、ブラックマーのように文学作品を自立したものとして精緻に分析することは、冷戦のコンセンサスへの参画でもあったのだ。

注

（1）この三冊については、『西川正身先生に聞く』二九‐三一頁、『中野好夫先生に聞く』三六頁にも同様の情報がある。
（2）当初のＣＩＥ図書館の蔵書に現れた「アメリカ」の変遷については、Ochi, "Democratic Bookshelf" を参照のこと。例えば、大橋健三郎は、兵隊版で手に入れた『怒りのぶどう』に衝撃を受けたことを自伝に記している（二九三）。
（3）貴重な史料である斎藤光のノートについて、秦邦生氏は、廃棄処分寸前になっていたのを発見して、譲渡の便宜を図ってくださった。ここに記して感謝する次第である。スピラーの文学史は、ＭＬＡのアメリカ文学グループが作ったという意味では公式といってもよい位置づけの文学史である（Vanderbilt 499-531）。

（4）このセミナーが、スタンフォード大学のクロード・バスによってマッカーサーに持ち込まれ、その後ロックフェラー財団が後援して実現した経緯や、京都で行われていた同様のセミナーについては松田第七、八章を、京都セミナー、札幌クールセミナーを含めた総括は、国際文化会館編、『戦後日本の「アメリカ研究セミナー」の歩み』を参照のこと。反米感情の封じ込めを語ったのは最初にセミナーを着想したスタンフォード大学のジョージ・H・カーの文書"An Institute for American Studies in Japan, 1948-1958"における一九四七年五月の文面による。この文書の存在については、吉原ゆかり氏にご教示いただいた。ここに記して感謝する次第である。

（5）これらの詩集におけるモダニズムは、ラングドン・ハマーによれば、『フュージティヴ』においてアレン・テイトがＴ・Ｓ・エリオットの詩を説明する際に用いていたものであり、それを、雑誌に参加していた詩人ローラ・ライディングが、イングランドから参加していたロバート・グレイブズのもとに行くことでイングランドにももたらされたものである。（Hammer 127）

（6）スタンフォード＝東京セミナーについて、大橋健三郎は、ペリー・ミラーを招聘した回（一九五二年）がアメリカ文学関係の人々の話合いの場にもなっていたことを明かしている。（『大橋吉之輔先生・大橋健三郎先生』一〇）

（7）これらの雑誌、およびアメリカ文学者による体系的な翻訳をめぐる主張については拙論「文化の占領とアメリカ文学研究」、二七–三〇頁を参照のこと。

（8）この経緯については拙著『モダニズムの南部的瞬間』第一章。

（9）こうした新批評に力を与えることになる文化の政治をめぐる事件については拙著『モダニズムの南部的瞬間』第一章および三章。

（10）ジョーダン・ドミニーもまた南部文学の生成を冷戦と結びつけ、『南部ルネッサンス』を重要視するが、キングやローパーの仕事には触れていない。

引用文献／参考文献

W. E. D.「英米の英文学研究」『英語青年』第九四巻九号（一九四八年）、二七八頁。
大橋吉之輔「ジョン・スタインベック」龍口・吉武編『現代アメリカ文学』（有信堂、一九六〇年）、一三二―一三八頁。

『大橋吉之輔先生・大橋健三郎先生に聞く：日本アメリカ文学会の歴史』（東京大学アメリカ研究資料センター、一九八八年）。

大橋健三郎『わが文学放浪の記』（南雲堂、二〇〇四年）。

越智博美『モダニズムの南部的瞬間』（研究社、二〇一二年）。

――「文化の占領とアメリカ文学研究」『アメリカ研究』第五〇号（二〇一六年）、二一―四三頁。
K. T.「H. N. スミス教授を囲んで」『英語青年』第九九巻一一号（一九五三年）、四六二頁。
木内信敬「東大アメリカセミナー聴講記」『英語青年』第一〇一巻一〇号（一九五五年）、四五三頁。

国際文化会館編、『戦後日本の「アメリカ研究セミナー」の歩み：アメリカ研究総合調査研究者養成プログラム調査部会報告書』（国際文化会館、一九九八年）。

小林健治「「アメリカ研究」セミナー」『英語青年』第一〇二巻一〇号（一九五五年）、五二〇頁。

斎藤光「(二) アメリカ文学」土居光知他監修『日本の英学一〇〇年　昭和編』（研究社、一九六九年）、八四―一〇三頁。

――「アメリカ文学講義ノート　一九五〇―一九五六」（筆者個人蔵）。

斎藤眞「アメリカ学会成立の頃」『アメリカ学会会報』一六〇号（二〇〇六年）、一頁。

清水博「東京大学・スタンフォード大学・アメリカ研究セミナーの意義　歴史部門（一九五三年）」『東京大学アメリカ研究資料センター年報』第四号（一九八一年）、二五―二七頁。

龍口直太郎、吉武好孝編、『現代アメリカ文学』（有信堂、一九六〇年）。

『東京大学アメリカ研究資料センター年報』第四号（一九八一年）。

『中野好夫先生に聞く』（東京大学アメリカ研究資料センター、一九八二年）。
N．R．T．「米英批評壇」『英語青年』第九四巻一一号（一九四八年）、三三八頁。
成田成寿「新批評」『英語青年』第九五巻七号（一九四九年）、二五三―二五五頁。

『西川正身先生に聞く』（東京大学アメリカ研究資料センター、一九七九年）。

日本アメリカ文学会「ＡＬＳＪ沿革」、http://www.als-j.org/contents_112.html
平松幹夫「文学作品の飜譯と文化交流の問題」『英語青年』第一〇〇巻一〇号（一九五四年）、五三二―三三頁。

藤田文子『アメリカ文化外交と日本――冷戦期の文化と人の交流』（東京大学出版会、二〇一五年）。

ホフマン、フレデリック・Ｊ『アメリカの現代小説』高村勝治、大橋健三郎訳（評論社、一九五五年）。

松田武『戦後日本におけるアメリカのソフト・パワー――半永久的依存の起源』（岩波書店、二〇〇八年）。

渡辺茂「第四回長野アメリカ文学セミナー」『英語青年』第一〇二巻一〇号（一九五五年）、五二〇頁。

"American Studies in Japan" (1955), Rockefeller Foundation Records R.G. 1.2 Box2 Folder 10, Rockefeller Archive Center.
Bird, Kai. *The Color of Truth: McGeorge Bundy and William Bundy: Brothers in Arms*. Simon and Shuster, 1988.
"Correspondence from Makoto Saito to Harry Levin Feb. 2, 1955." Harry Levin Papers, 1920-1995 (MS Am 2461), 860, Houghton Library, Harvard U.
"Correspondence from Harry Levin to Makoto Saito Feb. 28, 1955." Harry Levin Papers, 1920-1995 (MS Am 2461), 860, Houghton Library, Harvard U.
Dominy, Jordan J. *Southern Literature, Cold War Culture, and the Making of Modern America*. UP of Mississippi, 2020.
Dower, John. *Embracing Defeat: Japan in the Wake of World War II*. W. W. Norton & Company, 1999.
Etzold, Thomas H. and John Lewis Gaddis, *Containment: Documents on American Policy and Strategy, 1945-1950*. Columbia UP, 1978.

Fahs, Charles Burton. *Charles Burton Fahs Diary*, November 10, 1949, RG 1.2 Series 205 Box1 Folder 4.

Faulkner, William. *Faulkner at Nagano*. Ed. Robert A. Jelliffe. Kenkyusha, 1956.

Stanford U.- American Studies (Japanese Program) 1949-Jul. 1950, Rockefeller Archive Center.

Fiedler, Leslie. *Love and Death in the American Novel*. 1960. Stein and Day, 1975.

Hammer, Langdon. "The American Poetry of Thom Gunn and Geoffrey Hill," in Steve Clark and Mark Ford (eds.), *Something We Have That They Don't: British & American Poetic Relations since 1925*, U of Iowa P (2004), 118-136.

Kerr, George H. "An Institute for American Studies in Japan, 1948-1958 (May, 1947)," GHK 1N01001, 沖縄県立公文書館。

King, Richard. *A Southern Renaissance: The Cultural Awakening of the American South, 1930-1955*. Oxford UP, 1980.

Niebuhr, Reinhold. *The Irony of American History*. 1952. Chicago UP, 2008.

Ochi, Hiromi. "Democratic Bookshelf: American Libraries in Occupied Japan." Greg Barnhisel and Catherine Turne eds, *Pressing the Fight: Print, Propaganda, and the the Cold War*, U of Massachusetts P, 2010, pp. 89-111.

Reising, Russell. *The Unusable Past: Theory and the Study of American Literature*. Methuen, 1986.

Roper, John Herbert, Sr., ed. *C. Vann Woodward: A Southern Historian and His Critics*. The U of Georgia P, 1997.

Rubin, Louis D., Jr. and Robert Jacobs Eds. *Southern Renascence: The Literature of the Modern South*. Johns Hopkins P, 1953.

Sillabi, course outlines and reading lists in English, 1894-1980, Box 5. Harvard University Archives, Pusey Library, Harvard U.

Smith, Henry Nash. "A Note on the Stanford-University of Tokyo Seminar in American Studies."『東京大学アメリカ研究資料センター年報』第四号（一九八一年）、一七頁。

State-War-Navy Coordinating Committee (SWNCC) 150/3, 22 August 1945, "United States Initial Post-Surrender Policy Relating to Japan," GHQ/SCAP Records, Top Secret Records of Various Sections. Administrative Division Box No. CI-1 (21), Reproduction of U.S. National Archives RG331, National Diet Library, Japan.

Rowe, John Carlos, ed. *Post-Nationalist American Studies*. U of California P, 2000.

Rubin, Louis D., Jr. and Robert D. Jacobs eds., *Southern Renascence: The Literature of the Modern South*. Johns Hopkins P,

1953.

Vanderbilt, Kermit. *American Literature and the Academy: The Roots, Growth, and Maturity of a Profession.* U of Pennsylvania P, 1986.

Warren, Robert Penn. "Cowley's Faulkner." John Bassett Ed., *William Faulkner* (Critical Heritage) 1975. Taylor and Francis, 2013, pp. 316 -327.

Woodward, C. Vann. *The Burden of Southern History*. Revised Ed., Louisiana State U P, 1968.

———. "Recollections of Tokyo-Stanford Seminar in 1953,"『東京大学アメリカ研究資料センター年報』４（一九八一年）、一六頁。

———. *Thinking Back: The Perils of Writing History*. Louisiana State U P, 1986.

第三部　訪日とフォークナー文学

第七章

冷戦戦士のもう一つの顔――『寓話』と『館』にみる南部的想像力

松原　陽子

一．はじめに――「兵士」志願から冷戦「戦士」へ――

フォークナーは、戦争に縁の深い作家でありながら、彼自身に直接的な戦場経験はない。南北戦争は、繰り返し聞かされてきた過去の物語であり、第一次世界大戦は、士官候補生として入隊こそするものの、戦場に出る前に終結してしまい、第二次世界大戦は、「兵士になるには年をとりすぎて」いた（*SL* 166）。その意味で、冷戦時代における文化大使としての海外訪問は、フォークナーにとって初めての直接的な戦場体験であったと言ってもよいだろう。むろん、その「戦場」で彼に求められたのは、戦闘機の操縦ではなく、アメリカを代表する国民作家としての「公人」のふるまいであった。

フォークナーが公人となるのは、一九四九年度のノーベル文学賞受賞により「一躍世界全体の中に投げ出された」ことによるが（ウィリアムソン 三〇五）、自国に貢献したいという彼の思いは、第二次世界大戦にアメリカが参戦した頃にまでさかのぼることができる。一九四二年、入隊を決意した義理の息子マルカム・フランクリンに宛てた書簡において、彼は、戦いが終わった後、「国を代表する声ではっきり物を言う」ことへの意欲を示している（*SL* 166）。

そんなフォークナーにとって、一九五〇年代に与えられた文化大使の任務は、彼の願望を実現するまたとない機会であっただろう。実際にフォークナーが国務省からの依頼により初めて文化大使として海外を訪れたのは、一九五四年八月、訪日のちょうど一年前のことであった。サンパウロで開催された国際作家会議に出席するため、ブラジルに約一週間滞在した。このとき、彼がブラジルを訪問する決意をしたのは、「文化交流計画を促進することによって明確かつ直接的に合衆国に貢献できる」という国務省の説明があったからであった（Blotner 1504）。

このブラジル訪問体験が、フォークナーに自らの役割に自覚と自信を与えたことは間違いない。帰国直後、彼が国務省の担当者宛に送った書簡には、次のように書かれている。「いったん現地に到着し、自分が関わっているこの計画からまさに何が望まれているかがわかると、自分がしようとしていることに突如として関心が湧いてきました」（*SL* 369）。さらに彼は、「他の国の人々に、彼らが時として抱いている合衆国像よりもより真実に近い現実の姿を知らせる」のに一役買うために、「さらにどのような見込み、状況、可能性があるのか話し合う」用意がある旨を書き添えている（*SL* 369）。

こうして実現したのが、翌年一九五五年八月の日本訪問であった。[1] 書簡の文面を見る限り、フォークナーの訪日は、文化外交に積極的に関与しようとする彼の態度によって実現したものであったことがうかがえる。しかも、この訪日は「国務省の他のいかなる行為よりも日米の文化交流の改善に役立った」という結果を残した（Blotner 1567）。このことは、訪日中のフォークナーが自らに求められた役割を十分に理解し、アメリカを代表する公人にふさわしい務めを果たしたことを物語っている。つまり、フォークナーの訪日は、自国を代表して貢献するという彼自身の願望と、アメリカ的価値観を他国に広めたいアメリカ政府の思惑が見事に一致して実現された出来事であった。そしてそれは、「冷戦戦士」としてのフォークナーの誕生でもあった。

ロレンス・H・シュウォーツは、一九四〇年代後半におけるフォークナー評価の舞台裏を明らかにしたが、一九五五年のフォークナー訪日の成功は、フォークナーが第二次世界大戦後の「アメリカ民主主義の新たな保守的自由主義と人道主義を代表するのに見事に適していた」（203）というシュウォーツの結論を裏付けるだろう。冷戦下において、「文学的モダニズムが、芸術的自由の象徴として採用された「個人主義」とともに、反共の手段かつソ連の「全体主義」と戦うイデオロギー的武器」（201）となり、「文学は、その完全に実現された形態において、普遍的で非政治的である」という「形式主義的な審美体系」（203）が浸透していく中で、フォークナーの名声は確立されていくこととなった。

シュウォーツの研究以降、フォークナーに対する従来の評価を冷戦の文脈において再検討する研究が進んでいる。これらの中には、主に冷戦戦士としての文化外交への関わりに焦点を当て、フォークナーが当時いかに政治的に利用されたかを明らかにする研究動向が見られる。その一方で、主に戦後に執筆、出版された作品に注目し、そのテクスト分析から冷戦戦士とは異なる作家の横顔に迫る研究もある。これらの研究の多くに共通するのは、冷戦後のグローバルな観点からあらためて「南部」をとらえ直している点である。一九四九年度のノーベル文学賞受賞を境に、フォークナーは一地方主義作家からアメリカを代表する世界的作家へと変貌を遂げるが、それ以来、彼の南部人としてのルーツは、先行する「アメリカの偉大なモダニスト作家」のイメージの背後に追いやられた感がある。

しかしながら、ここであらためてフォークナーの訪日について振り返ってみると、国務省を満足させたその成功には、彼が南部出身の作家であったということが大きく貢献していたように思われる。日本を発つ前にフォークナーが最後に残したメッセージ「日本の若者たちへ」（"To the Youth of Japan," 1955）において、南部と日本がともに敗戦の経験を共有していることに触れ、近い将来において日本でもサザン・ルネッサンスのようなことが起こるだろうという見解を示したことはよく知られるところである。フォークナーは「災難と絶望の中から［……］普遍的真実を語る一群の日本の作家が登場する」（*FN* 187）との信念を語り、「なぜなら、人間の希望は人間の自由にある。作家が語る普遍的真実の基礎は、希望し信じる自由である」（187）と述べている。[2] そして、政治は「すべての人間が自由である状態」を作り維持する「ぎこちない方法」にすぎないが、よりよい方法が見つかるまでは「民主主義で事足りるだろう」と結んでいる（188）。ここでのフォークナーは、直接的ではないにしろ、「日本の未来は自由陣営にあることを示唆」（藤田　一〇七）し、「模範的な冷戦知識人」（越智　七五）として完璧な言葉使いで語っている。しかし、このメッセージに説得力があったとすれば、それは冒頭において、作家が南部と日本の共通点を自らの経験として語ったからに他ならない。「アメリカの私の故郷、南部出身のアメリカ人なら、［……］今日の日本の若者たちの感情を少なくとも理解することができることを説明し示したい」(*FN* 186) という言葉は、南部出身のフォークナーだからこそ発することができたのであり、それゆえに説得力があったと言えるだろう。フォークナーの冷戦戦士としての成功は、彼が南部作家でなければありえなかったはずである。

本稿では、フォークナー訪日の一年前に出版された『寓話』(*A Fable*, 1954) と、訪日後に執筆され出版された『館』(*The Mansion*, 1959) を冷戦の文脈において検討し、当時のフォークナーの時代認識について考察する。前者は作家が本格的に冷戦政治の当事者になる以前に、後者は作家の文化外交への関わりが深まった時期に書かれているが、それぞれの作品の「南部性」に注目することによって、冷戦期フォークナーの文化大使とは異なる顔を探ってみたい。

二、『寓話』――「個人」への懐疑

一九五四年八月二日に出版された『寓話』は、第一次世界大戦末期のヨーロッパ戦線を舞台に、戦闘放棄により戦争の終結を図る兵士たちの反乱が物語の中心に据えられている。その反乱の主導者である伍長は、タイトルが示すように、イエス・キリストの生涯を忠実になぞるように描かれ、実の父である連合軍総司令官の老元帥からの誘惑を拒否し処刑されるが、その遺体は後に偶然的な経緯により凱旋門前の無名戦士の墓に埋葬されることになる。

完成までに一〇年以上もの月日を要した本大作はしかし、アメリカ国内では、翌年一月に全米図書賞、五月にピューリッツアー賞を受賞するものの、出版当初の書評は総じて芳しいものではなかった。

その難解な文体もさることながら、作家の再評価につながった過去の作品群のようにヨクナパトーファ郡が舞台ではないこと、また、その寓話という形式自体が小説らしからぬものであることなどが主な要因であった（金澤『フォークナー』九―一三）。

しかしその一方で、海外向けのアメリカの国営ラジオ放送「ボイス・オブ・アメリカ（VOA）」では、一九五五年五月一〇日にフォークナーの特集が放送され、作家ハリー・シルヴェスターが、最新刊『寓話』のテーマはノーベル賞受賞演説のテーマと「まったく同じ」であると解説し、フォークナーの作品は、困難に直面した「個人の価値に対するヒューマニスティックな理解に深く根差している」と評価した（Barnhisel 236-37）。『寓話』についてのこの解説が妥当であるかどうかは後ほど検討するとして、ここでは、国内では否定的な評価を受けていたこの作品が、フォークナーの対外的な冷戦戦士としてのイメージを強化することには利用されていたという点を確認しておきたい。

では、フォークナー自身はどうであったのだろうか。金澤哲は、『寓話』に関する作家自身による発言をつぶさに検討し、執筆中に見られた「戦争批判」が、本作出版後には「ほとんど影を潜めてしまったように見える」（『フォークナー』二一〇）と指摘する。確かに、フォークナーは訪日中に『寓話』に関する質問を複数回受けているが、それらの回答の中で彼は、本作は「もっとも心を動かす悲劇の一つ」（*FN* 47）である「息子を犠牲にするか命を救うかを選ばなければならない父の悲劇的な物語」（*FN* 159-60）を語ったものであるという趣旨の発言を繰り返している。しかし、執筆当初の一九四三年一〇月に作家が代理人に送った書簡によれば、本作は「戦争の非難」（*SL* 178）になる予定であった。金澤は、『寓話』の主題を「父と子の対立」であるとする訪日時のフォークナーの説明には「韜晦」があると指摘し、「それが逆に初めに彼が考えていた戦争批判の主題」に対して、冷戦期の「この時点の彼が感じていた居心地の悪さを照らし出している」と論じている（二二二）。もちろん、この「居心地の悪さ」が、彼の当時の文化大使としての役割からくるものであることは明らかである。フォークナーによるこの主題のすり替えは、公人として国益を損ねる言動は控えようとするある種の自主規制と言えるだろう。

しかし逆の見方をすれば、作品を執筆していた第二次世界大戦時に行った戦争批判について、戦後であるはずのこの時期に口をつぐむということは、「冷たい戦争」が実はそれ以前の「熱い戦争」と本質的なところでは同じであるという認識をフォークナー自身が持っていたからであるとも考えられるのではないだろうか。これらの戦争が本質的に同じであるならば、「熱い戦争」時に行った批判は、目下の「冷たい戦争」の当事国である現在の自国にそのまま跳ね返ってくることになる。つまり、フォークナーのこの自主規制的ふるまいは、冷戦戦士としての強い自覚だけでなく、自らが加担している戦争の本質を見通す作家の鋭い現状認識を示唆しているとも考えられるだろう。

フォークナーのこの戦争認識は、『寓話』を冷戦小説として読み解く越智博美によって裏打ちされている。物語の中では、仏独両軍の兵士の戦闘放棄による戦争の中断という事態を収拾するために、連合軍総司令官である老元帥はドイツ軍の将軍と秘密裏に談合し、戦争は続行されることになるが、この点について越智は、スーザン・バック＝モースを援用しながら次のように論じている。

冷戦における米ソという敵同士は、それぞれ自由と主権を象徴するという意味ではフランス革命の子孫である。この米ソという革命の子孫は、相互にみずからの陣営を存在論的なものと見なすような想像力を働かせて相互に敵認定をしていたという意味では同じロジックで敵対していた［……］。冷戦とは、互いを必要とし合った協力関係、いわば同盟であったとも言える。第一次世界大戦以降、ソ連と合衆国は相手の政治思想を［……］排除しながら敵同士として成長したという意味で、第一次世界大戦から冷戦までは地続きなのである。『寓話』における英仏米とドイツの関係は、そのまま冷戦期の米ソの対立とパラレルであると言ってもよいだろう。（八五）

この関係性は、小説の中では、伍長の所属する師団の少将グラニョンの友人であり上官の軍団司令官ラルモンが、ドイツとフランスの関係について述べる次の言葉に端的に象徴されている。「わからないのか。われわれのどちらも、相手がいなければ存在できないことを」（*F* 30）。このように、『寓話』は、第一次世界大戦を舞台とし、第二次世界大戦中に書き始められた小説ではあるが、そのテクストは、出版された冷戦期においても同時代的な意味を持つものであった。作者であるフォークナーが、そのことに誰よりもいち早く気づいていたとしても不思議ではないだろう。

いずれにしても、ジョン・T・マシューズが「『寓話』において、フォークナーは戦争の物語を反戦の物語として新たに想像している」（276）と指摘するように、作家の言動や主題意識のいかんにかかわらず、『寓話』が戦争批判を内包していることには違いない。それは、「機構もしくは制度にぶち当たる人間」（大橋　一七五）、あるいは戦争という制度や軍事機構の「権力」に対して「挑戦」を試みる人間の姿を通して描かれている（Urgo 94-125）。具体的には、物語の最後、「至高の存在」（*F* 478）であった老元帥の葬列に、群衆の中から突如飛び出す伝令兵の姿に象徴されている。伍長に倣い集団による戦闘放棄を試みた伝令兵は、戦争再開の一斉砲撃により失敗し、一人生き残るものの、その姿は今や半身を失い、「動く直立した傷」（480）となっている。それにもかかわらず、最後に彼が発する「俺は死なない、絶対に」（483）と言う言葉は、ノーベル賞受賞演説において「人間の終わりを受け入れることを拒否」し、人間の不滅性への信念を語ったフォークナーの言葉に通じるものがある（*ESPL* 120）。その意味において、先に紹介したVOAでの『寓話』に関する説明は、この作品の一側面を的確にとらえている。それは、冷戦期アメリカの自由主義イデオロギーと共振する側面である。ジョーゼフ・R・アーゴーは、自ら将校を辞任し一兵卒に戻ることを望んだ伝令兵の人物像を「完全に反権威主義的である」（113）と説明し、老元帥の棺めがけて伍長の勲章を投げつける場面において、彼の反権威主義が頂点に達すると論じているが（114）、冷戦の文脈においては、伝令兵の反権威主義的ふるまいは、全体主義のような絶対的権力に対しても果敢に立ち向かう人間個人の姿として読むことも可能であろう。『寓話』には確かに、アメリカ的価値観を代弁していた公人フォークナーの声が含まれている。

そのもっとも顕著な例は、ノーベル賞受賞演説でのあの有名な一節「私は、人間は単に耐え永らえるだけではなく、勝ち栄えると信じます」（*ESPL* 120）であるが、この点については、金澤の指摘が示唆に富む。「第二次大戦後のフォークナーは「正義」のため積極的な発言を続けるが、実は彼自身がその意義をどのくらい信じていたか疑問の余地がある」（「序」四二）とする金澤は、物語の中でこの一節とほぼ同じ表現を口にするのが老元帥である点に注目し、それを「人間と人間の愚かさは［……］、勝ち栄える」（*F* 390）と「シニカルな台詞」へと変容させることで、老元帥が作者の言葉を「パロディ化」

していると指摘する（「序」四二）。その言葉が人間個人の強靭性を語ったものであることを考えると、フォークナーはつまり、彼自身が代弁するアメリカの自由主義的価値観を自己パロディ化していることになる。ここに、公人としての自己に距離を置くもう一人のフォークナーの存在を認めることができるのではないだろうか。

『寓話』についての覚え書き」の中で作家自身が「生きる傷」（*ESPL* 271）と呼ぶ伝令兵の姿は、フォークナーが自国の支配的価値観に対して懐疑的であったことの表れと考えられる。ノエル・ポークは、最後の場面の伝令兵について次のように説明する。「歩く傷は、国家の傷そして人々の苦痛と苦悩の象徴であり、皆が忘れたいと思っているため、見えないところへ投げ捨てられ、文字通り溝に投げ入れられる」（132）。しかし、我々読者は、彼の傷が敵国との戦闘ではなく、戦争再開のための自国の砲撃によるものであることを知っている。その意味では、伝令兵のグロテスクな姿は、国家に裏切られた個人の姿であるとも言えるだろう。

ここで興味深いのは、この傷の原因となる戦闘放棄の実行を伝令兵に決断させるきっかけとなった競走馬の物語の舞台が、戦前のアメリカ南部に設定されている点である。イギリス人歩哨ハリーが馬丁だった頃、彼が世話をしていた記録破りの競走馬とともに、新たな馬主のいるアメリカへ渡った時のことである。この話を伝令兵に聞かせるアメリカ黒人サターフィールド牧師も当時は馬丁で、この時ハリーと初めて出会った。彼による話はこうである。移動中の列車事故により競走馬は不具となるが、彼らは馬とともに姿をくらまし、「イリノイ州とメキシコ湾とカンザス州とアラバマ州に囲まれたミシシッピ川流域の地区」の「人里離れた奥地」（*F* 166）のレースに三本脚となった競走馬を出走させ、次々と勝利を収めていく。ミズーリ州の小さな町でついに追手に捕まるも、四万ドルは稼いだと噂される彼らは、リンチのためではなく彼らを逃がすために裁判所に集まってきた群衆によって、最終的には解放される。

クレアンス・ブルックスがフォークナーお得意の「トール・テール」(233) と評するように、この物語は、きわめてアメリカ的である。馬主が種馬にしてしまうことを嫌い、競走馬に「走る」というその本来の目的を全うさせることに専心するハリーの行為は、たとえそれが窃盗という犯罪行為であっても、自らの信念を貫く徹底した個人主義の表れと考えることができる。そして、その「純粋さ」(*F* 159) によって稼いだとされる莫大な金額は、驚嘆の的となり、文字通り人々の心と体を動かすことになる。

この話を聞いたことをきっかけに、ハリーに戦闘放棄を教唆する伝令兵は、戦前のアメリカ南部でのこの出来事を、第一次世界大戦のヨーロッパ戦線の前線で再現することを試みたと言えるだろう。その試みの失敗はしかし、伝令兵が望みを託したハリーのような個人のあり方は、もはや通用しないことを意味している。バーバラ・ラッドが、「南部の田舎は、国家権力の及ぶ範囲から遠くかけ離れており、この物語の面白さの一部は、この馬に帰依する者たちが［……］彼らを追いかける法執行者たちよりも常に一歩か二歩先んじているところにある」(41) と指摘するように、ハリーが自分自身の目的を追求することができたのは、彼が国家権力の及ばないところにいたからである。二〇世紀初頭の南部の奥地において馬丁ハリーが体現する個人は、国家を含めてあらゆる帰属から解放された究極的に自由な存在であると言えるかもしれない。しかし、そのような個人のあり方は、現実社会において、まして戦争と

いう国家間の衝突の場において存在しえないのは明らかである。(3)

このように見てくると、自国の砲撃で傷を負った半身の伝令兵は、冷戦戦士となったフォークナー自身の姿と重なり合うように思われる。ソ連の「全体主義」に対してアメリカが掲げる「自由」は、あたかも無制限であるかのような印象を与えるが、冷戦という戦時下においては、結局のところアメリカの自由も国家によって規定され、国益が個人の権利に優先される。そのアメリカの矛盾は、やがて国を代表する立場となるフォークナー自身も身をもって実感することになるだろう。そして、その矛盾をあぶり出す競走馬の物語は、『寓話』という壮大なスケールの小説世界を想像する上においても、南部の時空間が作家にとって重要不可欠であったことを示している。

三．『館』――「個人」の再想像

フォークナーは、約三週間の日本滞在を終えた後、八月下旬にはフィリピン、その後約二か月間かけてヨーロッパ各国を歴訪し、帰国したのは一〇月半ばであった。一九五九年に出版されたスノープス三部作の最終作『館』は、その二年前に出版された『町』(*The Town*, 1957) とともに、この長期の海外訪問から帰国後に書かれた作品であり、マシューズの言葉を借りれば、「アメリカ共産党の活動、赤狩り、グリニッチ・ヴィレッジのボヘミアニズム、芸術的前衛主義、ヨーロッパのファシズム」といった「数々の冷戦問題」を扱った「フォークナーのすべての小説の中でもっとも時事的」な作品である(254)。

当時のフォークナーは、これらの小説の執筆と並行して、さまざまな形で文化外交に関わっていたが[4]、一九五八年三月、アメリカの作家陣によるソヴィエト訪問団への参加について国務省から要請があった際には、参加を断る方が「人間関係の「冷たい戦争」においては自分がロシアに行くよりも価値があるだろう」(*SL* 413)との判断から、参加を辞退している[5]。デボラ・コーンは、フォークナーの参加辞退は「彼の愛国心」によるものであり、これまでの彼の文化大使としての海外訪問と同様に、作家にとっては「民主主義の支持と共産主義の非難を示す公的な姿勢」(411)となるものであったと分析する。ここでコーンが、フォークナーの参加辞退を「愛国心」を理由に説明している点は興味深い。確かに、フォークナーの訪日が実現したのは彼の愛国心によるものであったが、この参加辞退の一件から明らかなのは、彼にとっての愛国心とは、けっして政府に対する支持を意味しているわけではないということである。この翌年に出版されたのが『館』である。マシューズは、スノープス後期二作品について、「フォークナーはスノープシズムを冷戦ドラマとしてグローバル化」(248)し、「アメリカの自由世界主義の慣習的信念を批判している」(254)と指摘する。前節において、『寓話』に見られる作家の自国のあり方への懐疑的視点について述べたが、マシューズの指摘が示すように、フォークナーの場合、その愛国心は、現状への懐疑や批判として裏返しとなって表出していると言えるだろう。『館』では、その懐疑的姿勢はさらに深化し、当時のアメリカの反共戦略に対する作家の率直な批判的認識が顕在化している。以下、その顕著な二点について取り上げたい。

まず一点目に、本三部作第一作『村』(*The Hamlet*, 1940)から一貫して登場し、スノープシズムの拡大に対抗してきたV・K・ラトリフが、実はロシア系の出自を持つということが明らかにされる点である。実際、ラトリフの出自については『町』においてユーラ・スノープスの口から初めて明かされるが、『館』ではラトリフ自身が語り手となり、彼の名が、アメリカ独立戦争時にイギリス軍のドイツ連隊に所属し、その後ヴァージニアに逃げ落ちた最初のウラジミール・キリリッチから先祖代々受け継がれたものであることが本人によって語られる（*M* 184）。

移動や移民がアメリカのナショナル・アイデンティティに及ぼしてきた影響の観点から論じるランディ・ボヤゴダは、フォークナーが何百ページも後になって初めてラトリフの「本質的で消し去りがたい外国人性」を明かしたことについて、「ほとんどすべてのアメリカ人」は、たとえラトリフのようにもっとも地域に根差したような人物であっても、「どこかほかのところに起源を持つ」（110）ということが暗示されていると指摘する。この指摘が示唆するように、ラトリフの民族的背景がアメリカという国の根源的雑種性を象徴するものであるならば、それはすなわちアメリカの多様性を表すものでもある。登場人物の民族的ルーツを当時敵対していたソ連と地理的に重なるロシアに置いたフォークナーの作家としてのふるまいは、ソ連の共産主義イデオロギーの無効性を暴露するだけでなく、多様性を重視するアメリカ的自由主義を実践するものであると言えるだろう。そこには、冷戦戦士としての作家の横顔がうかがえる。

しかしボヤゴダは、『館』が「冷戦初期の、下院非米活動委員会の台頭に伴う外国人嫌悪的（ゼノフォビック）な赤狩りの後」に完成したという事実を踏まえ、フォークナーがラトリフのロシア系出自を明らかにしたのは、「アメリカの繰り返される強迫観念」に対する「嘲笑的反応」であると論じている（111）。ボヤゴダの議論はアメリカにおける外国人嫌悪の現象に関するものだが、それが赤狩りとともに歴史的に繰り返されてきた事実は、フォークナーの「嘲笑的反応」が、当時のアメリカ政府の反共政策に向けられたものでもあることを示しているだろう。このようにフォークナーは、ソ連と対立していた時代にあえてラトリフをロシア系の末裔として描くことによって、イデオロギーの空虚さを暴露しつつ、同時に、反共主義を掲げその政治的対立を激化させるアメリカ政府に対しても批判的姿勢を表している。

次に、『館』のメインプロットを構成するミンク・スノープスによるフレム・スノープスへの復讐の物語について見てみたい。この物語は、第一作『村』におけるミンクのヒューストン殺害のエピソードに端を発しており、『館』の第一章では、『村』で描かれたミンクによるヒューストン殺害の経緯が再び詳述される。[6]そこで特徴的なのは、ミンクの個人主義的な言動が強調されている点である。[7]この章の最後で、ミンクはヒューストンを撃つ理由を、彼が「金持ちだから」ではないと述べ、次のように続ける。

お前たちのような金持ち連中は手をつながなけりゃあならねえだろうから。さもないと、そのうちに金のないやつらが立ち上がって、それをお前たちからかっぱらおうという考えを起こすかもしれねえからな。おれがお前を撃ったのは、そのためじゃあねえ。おれはお前を、あの余分な一ドルの預かり料のために殺したんだ。(*M* 43)

ミンクの説明は、彼の目的が「富裕層」に対する階級闘争ではなく、彼自身の尊厳を傷つけられたことへの報復であることを明らかにしている。彼の説明が示すように、ヒューストン殺害時のミンクには、階級への関心はほとんどない。

しかし、物語が進むにつれ、ミンクの個人主義的言動にはわずかながらも変化が見られる。フレムの策略により、モンゴメリー・ウォード・スノープスにそそのかされた脱走に失敗し、さらに二〇年の刑期が追加されることになったとき、ミンクは、脱走をそそのかして刑期を増したことにではなく、変装用の衣装として女性のドレスと日よけ帽を用意し、ヒューストン同様、不必要に彼の尊厳を傷つけたことに対して、フレムへの復讐心を新たにする（Matthews 256）。しかしこの直後、綿摘みの季節であることに思いを馳せるミンクは、「あらゆるすべての小作農や分益小作人が不倶戴天の敵とわかっていた地面と土地」に向かってかつて言いたかったことを吐露する。「お前はおれをとっつかまえ、おれをすり減らすだろう」と彼自身の過酷な状況から語り始めるミンクは、最終的にそれは自分だけに限ったものではないことを明らかにする。「おれだけでなく、おれと同じような小作人たちの全部が、おれたちのような人間しか耕さない三〇か、四〇か、五〇エーカーの土地のために、若さと希望を犠牲にしているんだ」（*M* 101）。フォークナーは、ミンク自身の声で小作人が共有する過酷な経験を代弁させることにより、個人主義的なミンクの人物像に修正を加えている。

その結果、ミンクによるフレムの殺害は、私怨による復讐というだけでなく、階級闘争を彷彿させるものへと変化する。フレム殺害後、「俺は自由だ」（*M* 477）と感じるミンクは、横たわった地面の土の中に自分が染み入っていく感覚を覚える。死後の世界ではあるものの、土の中では人々は「自由」であり、ミンク自身も「だれとも平等で、だれにも劣らないぐらい立派で、だれにも劣らないぐらい勇敢で、人々から切り離されることなく、だれとも区別されずにその中にいる」と感じる（*M* 478）。この描写は、搾取の象徴フレムを討つことにより、ミンクが自分と同じ境遇の人々を解放する様子を暗に表している。マシューズが「フォークナーはミンクの物語を、共産主義を鼓舞する労働者階級の正義の理想を軸にして形作っている」(256)と指摘するように、個人主義的なミンクが解体され、彼が人々と連帯することを暗示するこの描写は、共産主義に対抗して個人主義の価値観を掲げるアメリカの反共戦略に明らかに逆行している。しかも、ミンクが出所できるように手配し、フレムを撃ち殺した彼を屋敷から逃がすリンダ・スノープス・コールが共産主義者であることを考えると、ミンクの復讐物語には、人間個人の行動は政治的イデオロギーによって支配されるものではないという作家の強い信念が読み取れる。それと同時に、かつては徹底した個人主義者であったミンクが、他の小作人と経験を共有していることを認め、最終的にリンダの助けを借りて復讐を実現する物語展開には、アメリカの伝統的な個人主義にとらわれることなく、個人のあり方そのものを再想像しようとした作家自身の試みの形跡がうかがえるだろう。

皮肉なことに、文化大使としてのフォークナーの仕事について論じるコーンによると、訪問国でフォークナーが時折見せるアメリカ批判でさえも、「聴衆は民主主義社会において彼が享受している表現の自由の証」として見なすため、「主催者にとって有益になりえた」という(419)。一方、作家としてのフォークナーは、冷戦の只中で執筆した『館』において、その「表現の自由」を最大限に行使し、当時のアメリカの政治戦略に真っ向から挑戦するような内容を描き込んでいる。フォークナーにとっては、文化大使の務めもアメリカ批判も、どちらも愛国心によるものであったが、コーンが指摘する状況を考え合わせれば、『館』の小説空間における大胆なアメリカ批判は、文化大使としての言動が冷戦構造の対立にからめとられることへの反発の表れと見ることができるかもしれない。

四．おわりに

フォークナーの訪日前後に書かれた二つの小説の考察から見えてくるのは、一九五〇年代のフォークナーは、公人としての活動においてはアメリカ的価値観を代弁する冷戦戦士の顔を持つ一方、作品においては自らが代弁しているその自国の価値観に対して、程度の差こそあれ、一貫して批判的なまなざしを向けていたということである。

『寓話』と『館』は、書かれた時期も小説の舞台も異なるが、あえて共通点をあげるならば、どちらの作品も冷戦を含めてある意味「戦時中」に書かれたということであり、しかもその中心的物語に、仲間が仲間を殺す、いわゆる「同胞殺し」(fratricide) のモチーフが用いられていることである。ふり返ってみれば、このモチーフは、フォークナーがロスト・ジェネレーションの作家としてデビューした初期の頃から、その小説世界において繰り返し描いてきたものである。第一次世界大戦の帰還兵を描いた初の長編小説『兵士の報酬』(*Soldiers' Pay*, 1926) では、前線を小隊で移動中、朝靄を毒ガスと間違えてパニックに陥った新人兵卒が、至近距離で上官の顔をライフル銃で撃って射殺したエピソードが、それを目撃した帰還兵のトラウマ的記憶として繰り返し挿入されている。同じく第一次世界大戦の帰還兵を描いたヨクナパトーファ・サーガ第一作の『サートリス』(*Sartoris*, 1929) においても、ベイヤード・サートリスの帰郷後の自暴自棄的ふるまいを通して、彼が戦場において目の前で敵に撃墜された双子のきょうだいジョンを救えなかったことに自責の念を抱き、その結果自分がジョンを殺したのだという「きょうだい殺し」のトラウマに苛まれている様子を描いている。さらに言うまでもなく、フォークナーの代表作である『アブサロム、アブサロム！』では、国家を二分する同国人同士の戦いであった南北戦争を背景に、ヘンリーによるボンのきょうだい殺しが物語のクライマックスとなっている。

本稿の第二節における『寓話』をめぐる議論において、フォークナーにとって冷戦も冷戦以前の戦争も本質的には同じだったのではないかということを指摘したが、戦争を同胞／きょうだい殺しのモチーフで描く彼の作品群は、作家の戦争認識が終始一貫していたことを表しているように思われる。その原点が南北戦争にあるならば、フォークナーは国民的作家の役割を引き受けた冷戦期においても、常に南部的想像力で世界をとらえていたと言えるだろう。その認識は、人間による人間の破壊という、彼のノーベル文学賞受賞演説のヒューマニズムを彷彿させる古典的な戦争観であるかもしれない。しかし二一世紀の今日から顧みると、むしろそれは冷戦終結後の世界のありようを見通しているかのような作家の先見性をうかがわせているように思われるのである。

注

（1）フォークナー訪日に関する詳細は、藤田「第四章　ウィリアム・フォークナーと日本」（九三―一二二）、コーン（400-5）を参照。

（2）これ以降、フォークナーの演説および小説を含む著作の日本語訳はすべて、『フォークナー全集』所収の翻訳を参照させていただき、適宜改訳させていただいた。

（3）冷戦期にイデオロギー化されたモダニズムを「レイト・モダニズム」と呼び、エズラ・パウンドやT・S・エリオットに代表される古典的モダニズムを「ハイ・モダニズム」と呼んで区別するフレドリック・ジェイムソンの理論を援用し、本作品をフォークナーのハイ・モダニズムの実践として読み解く丸谷は、『寓話』に埋め込まれた南部は、人間の自由に対するフォークナーの信念を表しているが、それは、消えゆく理想としてであって、イデオロギーの一形態としてではない」(Marutani 87) と結論している。

（4）一九五七年三月の国務省の要請によるギリシャ訪問以外に、一九五六年六月には、アイゼンハワー大統領の要請で、「鉄のカーテンの向こうの人々に、アメリカ式の生活の方がいいというメッセージを伝える」（ウィリアムソン 三三二）ことを目的とした「民間交流計画」(People-to-People Program) に参加し、文学部門の委員長に就任するが、翌年二月を最後に、この計画から身を引いた（三三三）。本計画へのフォークナーの関わり方の詳細については、ステコポロス (146-52) を参照。

（5）この参加辞退を伝える書簡の中で、フォークナーは、「生涯にわたり真実を書く自由」を享受してきた自分が、今ソヴィエトを訪問すれば、「現在のロシア政府が確立した状態を容認するというわべの事実」でさえ、ドストエフスキーやチェーホフといったロシアの「巨人」たちの精神を受け継ぎ「命を懸けて」物を書いている作家たちへの「裏切り」になるだろうと述べている (*SL* 413)。

（6）『村』におけるミンクとヒューストンの間のいさかいの描かれ方については、松原（一二一-一二二）を参照。

（7）アーゴーは、「ミンクはアメリカ的個人主義者である」(204) という立場から本作品を論じている。

引用文献

ウィリアムソン、ジョエル『評伝　ウィリアム・フォークナー』金澤哲、相田洋明、森有礼監訳（水声社、二〇二〇

年）
大橋健三郎『フォークナー研究3――語りの復権』（南雲堂、一九八二年）
越智博美「絶望しつつ希望する――冷戦小説としての『寓話』」『フォークナー』第一七号（松柏社、二〇一五年）七三-八九頁。
金澤哲『フォークナーの「寓話」――無名兵士の遺したもの』（あぽろん社、二〇〇七年）
――「序にかえて　フォークナーにおける「老い」の表象――その意義と可能性」『ウィリアム・フォークナーと老いの表象』金澤哲編著（松籟社、二〇一六年）一-一五頁。
藤田文子『アメリカ文化外交と日本――冷戦期の文化と人の交流』（東京大学出版会、二〇一五年）
松原陽子「フォークナーの共同体像――『村』における「民衆」の概念とその表象をめぐって」『フォークナー』第七号（松柏社、二〇〇五年）一一六-一二三頁。

Barnhisel, Greg. *Cold War Modernists: Art, Literature, and American Cultural Diplomacy*. Columbia UP, 2015.
Blotner, Joseph. *Faulkner: A Biography*. 2 vols, Random House, 1974.
Boyagoda, Randy. *Race, Immigration, and American Identity in the Fiction of Salman Rushdie, Ralph Ellison, and William Faulkner*. Routledge, 2008.
Brooks, Cleanth. *William Faulkner: Toward Yoknapatawpha and Beyond*. Yale UP, 1978.
Cohn, Deborah. "In Between Propaganda and Escapism": William Faulkner as Cold War Cultural Ambassador." *Diplomatic History*, vol. 40, no. 3, 2016, pp. 392-420.
Faulkner, William. *A Fable*. 1954. Vintage, 2011.［『フォークナー全集20――寓話』外山昇訳（冨山房、一九九七年）］
――. *Faulkner at Nagano*. 1956. Edited by Robert A. Jelliffe, 3rd ed., Kenkyusha, 1962.
――. *The Mansion*. 1959. Vintage, 2011.［『フォークナー全集22――館』高橋正雄訳（冨山房、一九七八年）］
――. *Selected Letters of William Faulkner*. Edited by Joseph Blotner, Random House, 1977.

———. *William Faulkner: Essays, Speeches & Public Letters*. Edited by James B. Meriwether, Modern Library, 2004. [『フォークナー全集27——随筆・演説　他』大橋健三郎・藤平育子・林文代・木島始訳（冨山房、一九九五年）]

Ladd, Barbara. "William Faulkner, Edouard Glissant, and a Creole Poetics of History and Body in *Absalom, Absalom!* and *A Fable*." *Faulkner in the Twenty-First Century: Faulkner and Yoknapatawpha, 2000*, edited by Robert W. Hamblin and Ann J. Abadie, UP of Mississippi, 2003, pp. 31-49.

Marutani, Atsushi. "Making the 'New Death' New: *A Fable* and Faulkner's Revisit to World War I." *Mississippi Quarterly*, 73.1, 2020, pp. 71-89.

Matthews, John. T. *William Faulkner: Seeing Through the South*. Wiley-Blackwell, 2009.

Polk, Noel. *Faulkner and Welty and the Southern Literary Tradition*. UP of Mississippi, 2008.

Schwartz, Lawrence, H. *Creating Faulkner's Reputation: The Politics of Modern Literary Criticism*. U of Tennessee P, 1988.

Stecopoulos, Harilaos. "William Faulkner and the Problem of Cold War Modernism." *Faulkner's Geographies: Faulkner and Yoknapatawpha, 2011*, edited by Jay Watson and Ann J. Abadie, UP of Mississippi, 2015, pp. 143-162.

Urgo, Joseph R. *Faulkner's Apocrypha:* A Fable, Snopes, *and the Spirit of Human Rebellion*. UP of Mississippi, 1989.

第八章

教育の可能性――長野セミナーと『町』

金澤　哲

一．方法と主旨

本稿に与えられた課題は、日本あるいは長野訪問がフォークナーの作品に与えた影響を明らかにすることである。

正直言って、この課題は難しい。というのは、日本訪問後のフォークナー作品を細かく調べても、日本と関わる登場人物は見当たらないし、何らかの形で日本が言及されることもないからである。

それゆえ日本訪問がフォークナーの作品に与えた影響を考える際、たとえば特定の登場人物あるいはエピソードに焦点を当て、そこに日本訪問の直接的な反映を指摘することはできない。可能なのは、せいぜい間接的な反映を探すという方法である。つまり、作中人物や個々のエピソードではなく、その背後にある作家の思想あるいは作品のテーマ設定といったところに注目し、そこに作者フォークナーが日本で感じたであろうものを、読み取っていくという方法である。

だがこの方法にも、問題がある。というのは、作者フォークナーが日本で感じたであろうものを確定させるのが、困難だからである。

本書他稿に詳述されているように、フォークナーの日本訪問はアメリカの冷戦戦略の下、日本の作家・文化人あるいは大学人たちの反米化を食い止めるために企画実施されたものである。だがフォークナー自身が、その役割をどこまで自覚していたかは推測するしかなく、つきつめれば不明としか言いようがない。また帰国後にフォークナーが、日本での経験について詳しく語ったことはなく、彼自身がこの体験から何を得たか、正確には不明である。

このような条件のもとで本稿が取ったのは、以下の方法である。まず『墓地への侵入者』（一九四八）および『町』（一九五七）を取り上げ、そこに見られる作者の世界観を比較する。特に両作を選ぶのは、まず『町』が訪日直後に書かれた作品であること、次いで『墓地への侵入者』がフォークナー後期第一作と見なすことができることに加え、両作品ともギャヴィン・スティーヴンズとチック・マリソンが登場人物また語り手として中心的な役割を果たしているからである。

その次に『町』を冷戦の反映という観点から分析する。この二つの議論によって、『墓地への侵入者』とは異なり、『町』がいかに冷戦期の問題意識に支配されているかを明らかにすることができるであろう。

だが、これだけではフォークナー作品への冷戦の影響を明らかにするにとどまり、日本との関連はなにも明らかになっていない。

では、どうするか。繰り返すが、もっとも望ましいのは、フォークナーが日本体験で得たことの直接的な反映を見つけることである。だが、それが不可能である以上、本論では次のように議論を進めたい。つまり『町』をさらに検討し、フォークナー全作品の中での独自性を指摘し、それを日本訪問の反映であると見なすというやり方である。具体的には、『町』に一種の楽観性を指摘し、その楽観性がフォークナーの日本での体験に裏付けられているのだと主張したい。

詳細はこれから述べるが、結論だけ先に書いておくと、その楽観性とは教育の可能性への信頼から生まれたものである。本稿ではこの教育への信頼を、フォークナーが長野で日本の研究者たちと向かい合い、ともに文学を語り合った体験から生まれたものと見なしたいのである。

むろん「教育」は「封じ込め」と並び冷戦期を特徴づけるテーマであり、『町』における教育のテーマを冷戦期的特徴のひとつとみなすことは可能である。また、さらに突き放した見方をして、長野でのセミナーを含む日本訪問全体が、フォークナーにとっては一種の演技に過ぎず、実質を伴わない空虚なものだったと主張することも可能であろう。

だが、これはどれかひとつの解釈が正しいと決めつけられない問題であるように思われる。フォークナーの「真意」は（仮にそのようなものがあるとして）、最終的には不明でしかない。我々にとってより重要なのは、冷戦期から現代まで続く日米関係の中でフォークナー文学が示しうる積極的意義を、その曖昧さをも踏まえつつ、積極的に掬い上げることであろう。

ちなみに、このような誠実さと演技性の間の曖昧性あるいは決定不可能性は、フォークナー後期に付きまとう問題である。この点をもっともよく表している作品は『寓話』であろう。たとえばこの作品中にはさまざまなジェスチャーが現れるが、その意味は結局曖昧である。ジェスチャーはあくまでジェスチャーに過ぎず、実質的内容を伴わない空虚なものである反面、それは特定の文脈あるいは場面において、きわめて政治的かつ現実的な意味を持ちうる。『寓話』はフォークナーが戦争そして政治の本質を描こうとした作品であり、その作品におけるジェスチャーのこのような扱いは、フォークナーが曖昧で決定不可能なものの持つ政治的な意味を、深く理解していたことの証拠であろう。

話を『町』に戻すと、なにより重要なのは、この作品に見られる教育の可能性への信頼が、結果的にフォークナー訪日後の日本の研究者たちによって裏書され、実質を獲得していったことである。その意味で『町』の楽観性とは、実は日本のフォークナー研究者たちによる「創作」であったと言うことができるかもしれない。彼らはアメリカの冷戦戦略に乗せられたのであるが、同時に日米関係の歴史の中でも積極的な意味をもつエピソードを主体的に作り出していたのである。

本論の方法および主旨は、以上の通りである。前置きはこのくらいにして、具体的な作品の検討に入っていきたい。まずは『墓地への侵入者』から始めよう。

二．『墓地への侵入者』

フォークナー後期の大きな特徴は、政治的なテーマの前景化であるが、『墓地への侵入者』の場合、それはなによりも人種問題、より正確には南部における黒人差別の問題であり、その解決の責任を担うのは誰であるべきかという議論であった。第二次大戦直後のアメリカでは、この問題が国家的な議論となっており、この小説がそれに対する一種の回答として理解されたことは、エドマンド・ウィルソンがこの小説の書評に与えたタイトルが明らかに示している(1)。

もちろん、それまでのフォークナーの小説が、政治性を持たなかったということではない。だが『響きと怒り』から『行け、モーセ』にいたる中期作品では、ジェンダー、性そして人種の問題が引き起こす強烈なドラマが主眼であり、政治的な主張が前面に出ることはなかった。それに対し『墓地への侵入者』では、主要登場人物であるギャヴィン・スティーヴンズが、明らかに政治的な主張を展開し、その結果ドラマ性を高めるのではなく、むしろドラマを中断してしまっている。言い換えれば、中期では政治性はドラマを生み出す源であり、いわばドラマに奉仕していたが、後期では逆になり、むしろドラマが政治的主張の説明となっているのである。

では『墓地への侵入者』の政治的主張の内容を、確認しておこう。第六章において夜中に墓を暴きルーカス・ビーチャムの潔白を確信したチック・マリソンは、第七章でギャヴィンとともに再び墓地に向かう。途中、ギャヴィンとチックは自分たちの目にする土地とそこに住み着いた人々の歴史について思いを巡らせ、そこでギャヴィンが南部の独自性と黒人（「サンボ」Samboという語が用いられる）の運命について話し出す。

その内容を骨子だけ紹介すると、まず南部の独自性は、その「同質性」であり、この同質性こそ芸術や文学といった永続的な価値を持つ国民というものを生み出すのである（150-51）。そして、黒人たちもまた「同質性」を保有しており、それゆえ南部の白人と黒人たちは同盟し、「北部」に抵抗しなければならないというのである（152-53）[2]。

このように、ギャヴィンとチックの対話は、「南部」の独自性＝「北部」との違いを軸に展開され、ルーカスに代表される黒人たちへの差別についても、あくまで「北部」との関係で説明される。すなわち三世代前に「南部」が南北戦争を戦い敗れたのは、「サンボは自由の国に生きているのだから、自由でなければならないという公理を保持するため」（151）なのである。また南部人が守っているのは、実は「黒人を自分たちの手で自由にするという特権」（151）であり、その理由は「北部が一世紀前に試みて失敗し、その失敗を認め続けて今や七五年にもなる以上、それをするのは我々しかない」（151）からだとされる。

ここでギャヴィンの主張がいかに的外れで独善的か、詳しく論じる必要はないであろう。ジム・クロウ制の下、厳しい差別に日々さらされていた南部黒人たちからすれば、この主張は噴飯ものであり、それ以上に屈辱的だったと思われる。

さて、そのような主張をわざわざ紹介したのは、『墓地への侵入者』が冷戦以前の枠組みで書かれていることを確認したかったからである。すなわち、ここに存在するのは「南部」対「北部」という対立であり、人種問題もまた、その対立の枠組みの中で考えられている。

この点は、右記の場面でチックが思い浮かべる世界像からも、明らかに読み取ることができる。

……今や彼は自分の生まれついた土地、故郷を目にしているようだった。――彼の骨のみならず、六世代にわたる父祖の骨を生み育て、いまなお彼をただの人間ではなく、ある特定の種類の人間、たんなる人間の情熱と野心と信念ではなく、ある特定の情熱と希望と確信、特定の種類むしろ人種の考え方と振る舞い方を持つよう形作っている大地、土を。［中略］東には折り重なる緑の山脈がはるかアラバマへと向かって連なり、西と南には碁盤の目状になった畑地と林が青くガーゼのように煙る地平線へとうねり、その彼方には雲のように伸びる堤防の長い壁と大いなる「川」が、ただの北方ではなく「北部」、南部を取り囲む他所、から流れている。それはアメリカの臍の緒、彼の故郷である土地とその父とを結ぶものだった。三世代前、血をもって切り離そうとしてついに切り離せなかった父とを。（148）

ここに見られるのは、一言でいえば、「南部」と「北部」からなる世界である。言い換えれば、この時点でのヨクナパトーファの世界は、「北部」に対する「南部」であり、それ以上の拡がりを持っていない。

また先に触れたように、黒人差別の問題もあくまで「南部」と「北部」の対立の中で議論されており、そこにはソビエトによる反米宣伝への対抗といった冷戦期的位置づけは存在していない。

一方、教育の主題について言えば、『墓地への侵入者』は「チック・マリソンの教育」という副題をつけたくなるほど、チックの成長を主題とした小説である。その意味で、この小説に教育のテーマを見出すことは難しくない。

だが右の引用に明らかなように、その教育は南部人として生まれたチックが南部人になっていくプロセスにすぎない。さらに言えば、教師役を務めるギャヴィンもまた南部人であり、その南部の最大の特徴は「同質性」なのである。ここには幼い人間に新たな理念・理想を教え込むことで、生まれついた条件・環境から自由になった人間を育てるという意味での教育はない。その意味で『墓地への侵入者』は、これからの述べる『町』とは大いに異なり、冷戦以前の作品であると言ってよいであろう。

三．冷戦小説としての『町』

一九五七年に出版された『町』は、スノープス三部作の二作目に当たり、フレンチマンズ・ベンドからジェファソンの町に進出したフレム・スノープスが、最終的に銀行の頭取に納まるまでを描いている。時代設定は一九〇九年から二七年頃と思われる。

小説の中心となるのは、フレムとギャヴィン・スティーヴンズの対立である。次々と一族の者をジェファソンに呼び集め、社会の階梯を登っていくフレムをギャヴィンは「悪」と見なし、その伸長を食い止めようとする。だが話を複雑にしているのは、ギャヴィンとフレムの妻ユーラの関係である。

スノープス三部作の第一作『村』において神話的なレトリックでセクシュアリティを強調されていたユーラは、狂乱の一夜の末に妊娠した結果、フレムと偽装結婚させられ、『町』ではフレムとともにジェファソンに来ている。だが彼女のセクシュアリティ（セックス・アピールと言った方が適切かもしれない）は変わることなく男たちを刺激し、結局彼女は町長であり銀行頭取でもあるマンフレッド・ド・スペインの公然の愛人となっている。夫であるフレムは、二人の関係を黙認するばかりか、それを利用して副頭取となると、最終的にはマンフレッドを追い出し、頭取の地位に納まる。

そのフレムを敵対視するギャヴィンもまた、ユーラのセクシュアリティに魅せられた男の一人である。だが彼はなにより正義を重んじる高潔の士であり、彼女とマンフレッドの関係を許すことができない。また彼はフレムがいわばユーラを利用して成り上がっていくのも、許すことができない。かくして彼は反スノープスを標榜し、フレム一党の伸張を食い止めようとするのみならず、マンフレッドと対決し、ユーラの「名誉」を救おうとするのである。その試みに失敗したギャヴィンは、次はユーラの娘リンダをフレムの影響から救うべく、高校生だった彼女のいわばチューターとなり、古典文学を教えるほか、遠方の名門大学に進学するよう仕向けるのである。

『町』のストーリーは、このようなものであり、その理解は右に述べたギャヴィンの行為をどう考えるかによって、大きく異なる。見方によっては、ギャヴィンは二〇世紀初頭の南部におけるコミュニティの堕落を憂え、南部の道徳性を守ろうとした高潔の士であり、この小説は二〇世紀初頭の資本主義化が進む社会に生きる人間の倫理性を問うものとなる。一方、彼の試みは全く時代錯誤的なドン・キホーテ的なものであり、よく言って滑稽、率直に言って独善的かつ傍迷惑なものに過ぎないと見なすこともまた、可能である。その場合、この小説は二〇世紀初頭の南部を舞台にした一種の諷刺小説あるいは風習喜劇（あるいはそのパロディ）に近い性質を持つことになる。

むろん、バフチンの言うように小説というジャンルが本来、複数ジャンルの混在する多声的なものであるとするならば、右の二つの理解も相反するというよりは共存するものであり、それが『町』という小説のあり方なのであろう。ここでは、この点にはこれ以上深入りせず、この小説を冷戦期小説として考えることにしたい。

さて、冷戦期小説あるいは文化の大きな特徴のひとつは、「封じ込め」である。いうまでもなく、それはなによりも共産主義の「封じ込め」であり、内外における共産主義の勢力拡大を阻もうとする政策であった。だが、一九五〇年代アメリカにおいて、「封じ込め」の対象となったのは、共産主義だけではなかった。それは女性あるいはセクシュアリティを家庭に封じ込め、またコミュニティの堕落を押しとどめようとする道徳主義的な傾向も持っていた。(3)

これを踏まえると、共産主義は表面には出てこないにせよ、『町』は「封じ込め」を主題とした小説だとみることができる。

具体的に確認しよう。「封じ込め」の対象となっているのは、まずユーラのセクシュアリティである。『村』におけるユーラは神話的なレトリックによって、いわばセクシュアリティの権化にされていたが、『町』でもその設定は継続しており、ジェファソンの男たちの欲望を刺激してやまない存在とされている。皮肉なことに夫フレムは不能であり、かつ彼女を家庭に閉じ込めようともしていない。それに乗じてユーラに言い寄り、そのセクシュアリティを満たしたのが、マンフレッドである。そしてジェファソンのコミュニティは、この関係を公に認めはしないまでも黙認しており、この奇妙な三角関係は一八年もの間続くことになる。

一方、このような三角関係を認めようとせず、ユーラのセクシュアリティを封じ込めようとしたのは、ギャヴィンである。彼はユーラの「名誉」を守るべく、まだ彼女がジェファソンに来て間もないころ、町の格式ある社交行事であった舞踏会にユーラを招待させ、そこでマンフレッドがユーラとの関係を誇示したとき、無謀にもマンフレッドに挑みかかり、流血の騒ぎを起こす。このようにしてギャヴィンは、いわばジェファソンの町の「騎士」となり、反スノープスにして町の道徳・風紀の守護者としての立場を確立する。その後、第一次大戦へはYMCAのスタッフとして参加し、ヨーロッパ派遣米兵たちの道徳的退廃を防ぐ役回りを担当した彼は、帰国後にジェファソンの町の地区検事となる。だがこの小説が書かれた五〇年代のアメリカにひきつければ、彼はコミュニティの堕落に目を光らせる冷戦の闘士であり、セクシュアリティを家庭の領域に封じ込め、ジェファソンの町の道徳的退廃を防ごうとしているのである。夫と愛人を巻き込む訴訟を阻止すべく、ユーラがその身を差し出してきたとき、ギャヴィンが憧れの彼女を拒否し、そのセクシュアリティに必死の抵抗を示すのは、当然であった。

ちなみに、この観点からモンゴメリー・スノープスのエピソードの意味を理解することができる。第一次大戦中、モンゴメリーはギャヴィンとともにYMCAの一員としてフランスに渡るが、兵士たちに健全な娯楽を提供するどころか、売春宿を開業する。のちにジェファソンに帰ったモンゴメリーは、今度は写真スタジオと偽って、フランスから輸入したポルノまがいの写真を男たちに見せる「覗き小屋」を開業する。このように、ギャヴィンが性を家庭に封じ込め、風紀を守ろうとするのに対し、モンゴメリーは性を市場に開放し、金銭に変換していく。モンゴメリーはいわばギャヴィンのネガのような存在なのである。

ギャヴィンによる封じ込め政策のもう一つの対象は、言うまでもなくフレム、あるいは彼に代表される「スノープス主義」である。では「スノープス主義」とはなにか。ようするに、それは手段を問わず富と権力を手に入れ、社会的階梯を登っていこうとする態度である。これ自体は、アメリカへ渡った多くの移民たちは言うに及ばず、貧困層には決して珍しくない態度であり、それをあえて咎める方がむしろ保守的であり、排外的あるいは階級的ということになろう。ここでフレムの行動を一つ一つ検討することは控えるが、ジェファソンに移ってから彼が明らかに法に触れる行為をしたのは、小説冒頭に置かれた「真鍮のケンタウルス」のエピソードのみである。この窃盗行為をギャヴィンに暴かれそうになったフレムは、その後、明らかに違法と思われることはなにひとつ犯していない。それどころか、モンゴメリーを刑務所送りにしたり、同じく鉄道会社相手に詐欺を働いていたI・O・スノープスを町から追い出したのは、実質的にフレムであり、むしろ彼こそジェファソンの町の道徳性を守っていたようにさえ見える。その意味で、ギャヴィンの封じ込め政策は空回りしており、彼が封じ込めようとしていた危機は、実は大部分、彼の空想によるものだったとさえいえるであろう。

一歩譲って、ギャヴィンのフレム観が正しいとすれば、それはフレムのユーラ（そしてリンダ）への態度を「悪」と見なす場合である。言い換えれば、ギャヴィンが見張っているのは、実はつねにユーラのセクシュアリティであり、彼の最大の関心はその「家庭」への封じ込めであった。その意味で、彼はまさに冷戦期的な「高潔の士」であった。

ちなみに、『墓地への侵入者』でチックが自分の属する世界を幻視したように、『町』ではギャヴィンがヨクナパトーファ郡を一望し、自らの世界を確かめる場面がある。小説のクライマックス、フレムがマンフレッドを追い出そうと動き出した日に、ユーラは夜一人で会いたいとギャヴィンに言伝を寄こす。それはかつてフレムとマンフレッドを救うために、ユーラが会いに来た夜の再現であり、心落ち着かぬギャヴィンはジェファソン郊外のセミナリー・ヒルに出かけ、山中ひとり春の宵闇に沈みゆく町を眺め、蛍火乱れ飛ぶ中、自問自答にふける。大変有名な箇所なので、抜粋して引用しよう。

はかなく絶え間なき明滅する光の下、お前はひとり、領主のようにお前の人生全体の上に立っている。まずジェファソン、宇宙に向けて弱弱しい光を放つ中心があった。その向こう、ジェファソンを取り囲んで、農村部がある。まるでタイヤの外輪がスポークでハブにつながるように、遠く彼方へと分岐する道路によって中心と繫がっている。そしてお前は今、神のように距離を置き、生まれ故郷の揺りかごの上、お前を作った人々の揺りかごの上に立っている。お前を作った土地の記録と年代記は、夢なく眠るお前の過去の上に、まるで波打つ水面に広がるさざ波のようにいくつも重なる輪となり、お前が吟味するために差し出されている。お前はこの人間の情熱と希望と破滅のミニチュアの上に、苦悩ひとつせず傷つくこともなく君臨している――野望、恐怖、情欲、勇気、犠牲、慈悲、名誉、罪そして誇り――それらすべては危なっかしく、雑多に結び合わされ、ひとつに束ねられているのだ。人間の貪欲というものの鋼のように細い縦糸横糸によって編まれた網により、それでもなお人間の抱く夢に捧げられて。

彼らはみんな、ここに閉じ込められている。お前の眼の下、仰向けになって、階層をなし積み重なり、骨となって変わることなく、崩れゆく土埃と亡霊たちとともに――地味豊かな堆積土からなる川沿いの低湿地、それは野蛮なチカソーの王イッシィベハーの土地だった。［中略］同じ豊かな黒土からなる大地はプランテーションとなり、誇り高き白人プランターたちの消えつつある名といまだに結びついている。［中略］サトペン、サートリス、コンプソン、エドモンズ、マッキャスリン、ビーチャム、グレニア、ハバシャム、ホルストン、スティーヴンズ、ド・スペイン。［中略］そして道なく、歩く小道すらほとんどない険しい丘陵地帯、そこはマッカラム、ガウリー、フレイジャー、ミュアたちの土地であり［中略］、それから最後に南東の地平線の向こう、フレンチマンズ・ベンドがある。そここそヴァーナー一族を育んできた土地であり、またスノープス一族が這い出して北西に向かって進んできたアリ塚だった。(277-78)[4]

同じヨクナパトーファの光景ではあるが、『墓地への侵入者』のチックの思い描くものと『町』のギャヴィンの眺める世界は、全く異なっている。先に述べたように、『墓地への侵入者』でのチックは南部に生まれ南部人となる運命を受け入れており、その世界は「南部」対「北部」という枠組みに限られていた。チックにその外部は存在せず、また「南部」はあくまで同質性を保持し、チックはその一員として、自らの世界と一体化しようとしていた。

一方、『町』のギャヴァンにそのような一体感はなく、むしろここで彼はヨクナパトーファを文字通り上から見下ろしている。右の引用によれば、その態度は「領主のよう」(suzerain) であり、彼は「神のように」距離を置きながら、「人間の情熱と希望と破滅のミニチュアの上に、苦悩ひとつせず傷つくこともなく君臨している」のである。彼の立つこの位置は、一登場人物のものというよりは、むしろ作者に近いように思われる。だがそれはまた、世界地図を眺める冷戦期の責任ある市民の姿とも読むことができる。具体的に説明しよう。

まずギャヴィンの眺めるヨクナパトーファは、『墓地への侵入者』で想定されている同質的な世界ではなく、むしろ相異なる要素から成り立っている。具体的に言えば、この世界は中心をなす町を取り囲んで、彼自らも属する大規模プランターたちの世界、丘陵地帯の小規模独立農民たちの世界、そして南東の地平線の彼方フレンチマンズ・ベンドから成り立っており、けっして均質でも同質でもなく、むしろ階級的な秩序の中に固定されている。

見逃せないのは、このヨクナパトーファの世界が、実はギャヴィンの視界の外へと、はるかに広がっていることである。引用の最後、フレンチマンズ・ベンドは地平線の彼方にあり、実は、ギャヴィンからは見えない。だが、その見えない土地がわざわざ言及されるのには、深い理由がある。

フレンチマンズ・ベンドは、ギャヴィンにとって特別な意味を持つ場所であった。それはまずヴァーナー一族の土地であり、彼がこの場面の後に向き合うことになるユーラの故郷である。言い換えれば、この地はいま彼の心をかき乱し、四十代の肉体を動揺させているセクシュアリティの源泉なのである。

フレンチマンズ・ベンドはまた、フレムが登場し、ジェファソンに向かって歩みはじめた起点である。フレムを先頭に群れを成してジェファソンに上ってきたスノープス一族に対しギャヴィンが抱いている嫌悪感は、引用末尾の「アリ塚」という表現に実によく表れている。

『町』におけるギャヴィンの苦悩の根源には、嫌悪の対象たるフレムと憧れと欲望の対象であるユーラが夫婦であり、一体であるという運命があるが、フレンチマンズ・ベンドはその一体性を体現している土地なのである。ヨクナパトーファ郡を眼下に見下ろし、神のように君臨する彼が、あえて見えもしない地を想起してしまうのは、フレンチマンズ・ベンドが彼の世界秩序をかく乱する源であり、いわば身中の棘であったことを示している。先に述べたように、『町』でギャヴィンが封じ込めようとしているのは、ユーラのセクシュアリティとフレムのスノープス主義であった。だとするとフレンチマンズ・ベンドは、両者がこの世に生まれジェファソンに向かって攻め寄せてきた出発の地であり、ギャヴィンの世界を脅かす脅威の原点だったのである。

このようなギャヴィンのあり方は、冷戦期アメリカの姿勢を彷彿とさせるように思われる。ヨクナパトーファ郡を見つめるギャヴィンの姿は、秩序ある世界を守るべく脅威の源に目を凝らす責任あるアメリカ国民の肖像であった。

ちなみに、『町』の地理的広がりを示すのが、最終章のバイロン・スノープスの子供たちのエピソードである。三人の子供たちはテキサス州エル・パソからジェファソンのフレムの元に送り付けられるが、そのあまりに異質かつ暴力的な態度の結果、バイロンの元に送り返されてしまう。

この奇妙なエピソードは、スノープス一族のジェファソンへの進出のパロディと見なすことができ、それゆえラトリフは三人が送り返される際に、「ひとつの時代の終わり」「ジェファソンにおける隠れもなく、あからさまなスノープス的振る舞いの最後の終わり」だと言うのである（325）。しかも三人の母はヒカリヤ・アパッチ族の女性であるとされ、彼らはエル・パソで国境を越えメキシコ警察に引き渡されることになっている。この三人のジェファソン来襲がフレンチマンズ・ベンドからジェファソンに向かったスノープス一族のパロディだとすれば、ここでスノープス主義はメキシコ移民たちの脅威と重ねられ、いわば国際化されていることになる。『町』のヨクナパトーファ郡は確かに世界と地続きであり、ジェファソンの町は、いわば冷戦期アメリカの縮図だったと言えよう。

四．『町』における教育のテーマ

ここまで『町』の冷戦期的な特徴を、「封じ込め」のテーマに即して確認してきた。ついで、もうひとつの冷戦期的テーマに話を進めよう。最初に述べたように、それは教育である。

『町』における教育のテーマの重要性は、言うまでもないであろう。その中心となるエピソードは、ギャヴィンによるリンダの教育である。リンダはユーラの娘であるが、フレムとの間に血縁はなく、ギャヴィンはフレムあるいはスノープス主義の影響から彼女を守るため、町の人々の好奇の眼を集めながら、年齢の離れた高校生の彼女と待ち合わせをし、古典を教え、最終的には遠方の名門大学へ送ろうと画策する。

ところで、クリスティーナ・クラインによれば、教育は「封じ込め」とならぶ重要な冷戦期のディスコースであり、「冷戦の戦いは、国外と同じくらい国内での努力であり、政治的あるいは軍事的努力に劣らず、教育的なものであった。[5]」

フレムへのギャヴィンの態度が、一種の「封じ込め」であったことは、これまで述べてきたとおりである。同様に、リンダへの教育は「封じ込め」と並ぶ冷戦期外交のもう一つの柱であった教育であると見なしてもいいであろう。それはともにフレムへの対抗策であり、スノープス主義との戦いであった。

むろん、封じ込めが見方によってはギャヴィンの空回りであったように、リンダへの教育もまた、中年男の少女への愛情の奇妙な表現にすぎないと見なすこともできる。

実際ユーラによれば、フレムはリンダに対し、責任ある父としてふるまおうと努力している。それがどこまでリンダを手元に置いておき、マンフレッド追い出し工作の切り札として使うためだったかは、わからない。だが少なくともユーラによる限り、フレムは父としてリンダに責任ある態度を取り、彼女の教育にも一定の理解を示したうえで、金銭的には寛大でさえあった。ということは、ギャヴィンの神聖視する「家庭」において、フレムは模範的な「父」であり、ギャヴィンに非難されるような謂れはなかったのである。

このように、またしてもギャヴィンの行動への評価は難しいが、やはり冷戦期のディスコースを踏まえれば、次のように考えることができる。つまりリンダへの教育は彼女をスノープス主義の勢力下から抜け出させ、彼女を救うとともにスノープス主義を弱体化させるための努力であり、言い換えればギャヴィンはフレムあるいはスノープス主義相手に二方面で冷戦を戦っていたのである。

だとすれば、ギャヴィンがユーラからリンダとの結婚を命じられ、またラトリフから勧められても、決して従わなかったのは当然であろう。冷戦外交的に言えば、リンダの愛を勝ち取ることは、リンダをフレムの元から引き離すための手段なのである。ユーラの死後、リンダはグリニッジ・ヴィリッジに向けて出発するが、その手配をしたのはギャヴィン、費用はフレムの負担であった。リンダに向かって父はフレムだと請け合い、最後までチューターの立場を貫いたギャヴィンにとって、それは理想的な勝利だったのかもしれない。征服あるいは植民地化することなしに教育し、費用を負担せずに解放するギャヴィンの態度は、理想の冷戦外交であった。

五．『町』の楽観性

本稿冒頭で、『町』の特異性としてその楽観性を指摘した。その最大の要因は、右に述べたリンダの脱出である。ラトリフは懐疑的な意見を口にするものの、グリニッジ・ヴィリッジが彼女にとって可能性にあふれた場所であることは、誰にも否定できないであろう。

『町』には、他にも楽観的な印象を与えるエピソードが多い。先に触れたモンゴメリー・スノープスとＩ・Ｏ・スノープスの追放もまた、フレムの関わりはともかく、ギャヴィンらの勝利であった。また同じスノープス一族でありながら、刻苦勤勉によって成功するウォールストリート・スノープスの物語は、フォークナーには珍しいサクセス・ストーリーである。一二歳でジェファソンの町に移り、初めて学校というものを知った彼が、幼稚園から始めて七年がかりで学校を終えるという展開は、教育によるスノープス主義からの解放というテーマのもう一つの例である。またウォールストリートによるワイオット先生への求婚は、これもフォークナーにはまれなセンチメンタルなエピソードであり、この小説全体の楽観性あるいは風習喜劇的側面を強調している。

このような楽観的なエピソードは、ユーラの自殺やフレムの頭取就任というメインプロットと鋭い対照をなしながら、『町』という小説を作り上げている。冒頭に述べたような『町』の曖昧性は、実はギャヴィンのあり方だけではなく、小説全体の特徴なのである。

だが、ここではこの曖昧性を認めつつ、やはり楽観性に注目したい。繰り返すが、これはフォークナー全創作の中でも、目立つ性質である。[6] そして本稿としては、この楽観性は『町』執筆の直前にフォークナーが体験したなにかに根差していると考え、具体的には日本訪問の経験によると主張したい。
これに関し、あえて作品外から間接的な証拠を挙げるならば、この小説を書いた時期のフォークナーのあり方を指摘することは可能である。簡単に確認しよう。

一九五五年、あしかけ四か月におよぶ日本および諸外国の訪問後、ミシシッピに戻ったフォークナーは再び公民権運動をめぐる議論に巻き込まれる。日本訪問前後は、フォークナーが最も積極的に人種問題について発言を繰り返した時期であるが、その結果は一言で言えば、さんざんであった。学校での人種統合に賛成する発言は、周辺から強い反発を生み、深夜の脅迫電話まで招いた。独自の漸進主義は、南部黒人および白人リベラルの双方から批判の的となり、彼は孤立していった。五六年二月、アラバマ大学への初の黒人学生オーザリン・ルーシーの入学をめぐり緊張が高まった折には、彼は自分の意見を伝えてくれるメディアを必死になって探した挙句、ラッセル・ハウ記者とのインタビューで大失態を犯し、信用を全く失ってしまう(7)。

フォークナーが『町』の執筆を始めたのは、このような状態のただ中であった。執筆は五五年一二月から五六年八月末、この間、彼はいわば逃げるように創作に戻り、執筆をつづけたように思われる。彼の目論見では、それはただの気晴らし的なもののはずであり、以上のような事情からすれば、彼がそのようなものを必要としていたのは、よく理解できるであろう(8)。

一方、この期間には幸せな出来事もあった。五六年三月、シャーロッツヴィルで暮らしていた娘ジルが男の子を生んだことである。フォークナーにとって初孫の誕生であった。これをひとつのきっかけとして、翌五七年からフォークナーはヴァージニア大学の滞在作家となり、教室で学生たちと文学について語り合うことになる。

このように見てくると、この時期のフォークナーにとって、教育が重要な意味を持っていたことは容易に想像できる。そもそもフォークナーが深入りしていった人種問題についての議論は、五四年のブラウン判決をきっかけにして始まった公立学校における人種統合をめぐるものであった。また生涯の汚点となるハウ・インタビューもまた、大学教育をめぐるものであった。

『町』における教育のテーマの背景には、すでに述べた冷戦の影響のほかに、このような作家個人の事情もあったように思われる。それらはないまぜとなり、曖昧さを残しながらフォークナーとしては例外的に楽観的な小説を生み出したのである。

そしてこの時期のフォークナーにとって、もっとも充実した教育体験は、長野でのセミナーであったと思われる。繰り返すが、それは冷戦外交の一環として行われた、きわめて冷戦的な企画であった。だがだからこそ、この体験はギャヴィンがリンダに与え、ワイオット先生がウォールストリートに与えた（冷戦的）教育の可能性を実現していたと想定してもよいように思われる。

するとやはり、『町』の楽観性の裏にあるのは、フォークナーの長野体験だと言っていいであろう。教育は人を変え、生まれついた環境を乗り越えさせることができる。ウォールストリート・スノープスとリンダ・スノープスが体現する事実は、大きく言えば戦後日本がアメリカに導かれて歩むべきコースであり、その実現のために一人のノーベル賞作家が長野で試みたセミナーは、その最も成功した例であった。

むろん繰り返せば、長野でのフォークナーの態度は冷戦期的ジェスチャーであり、実質を欠いた演技であったと主張することは、どこまでも可能である。これは『町』のギャヴィンに関わる決定不可能性あるいは『町』そのものの曖昧性と、同じ問題であろう。

だが少なくとも長野セミナーに関する限り、参加した日本側の真剣さと情熱を疑うことはできない。それはたとえば、大橋健三郎による回想に明らかであり、さらに言えば、長野セミナーを起点に始まった日本におけるフォークナー研究の膨大な積み重ねが証明している。(9)

とすると、このように言えないであろうか。少なくともフォークナー自身の発言においては、日本での経験が『町』の楽観性を生んだという証拠はない。だがフォークナーが日本で蒔いた種の成長を見る限り、それはさかのぼって、いわば事後的に、『町』の楽観性の真正さを保証しているのである。

このようなワーズワース的逆説は、実は『町』においても主張されている。それを語るのは、ほかならぬチックである。引用しよう。

> なぜなら子供にとって、自分は母や父の情熱あるいはその能力によって造られるのではない。それはありえない、なぜなら情熱に先んじて、まず自分が先にいるのであり、自分が先に来るのだから。子供の方こそ情熱を造り、のみならず情熱に身をささげる男と女を造るのだ。父は子の父ではなく、義理の息子であり、母は母ではなく、もし少女だとしたら義理の娘なのだ。(267)

このように親と子は入れ替わる。ならば「フォークナー」と「アメリカ」を創り出したのは、その教えから歩みだした戦後日本、そして日本の研究者たちなのである。

結論を述べよう。『町』は冷戦的でありながら、結果的にその限界を超え、アメリカと日本の真率な相互関係の可能性を示している小説である。それを生み出したのは、フォークナーの日本そして長野での体験であり、また逆説的に、長野セミナーから始まった日本におけるフォークナー研究の歩みそのものであった。(10)

注

（1）Edmund Wilson, "William Faulkner's Reply to the Civil Rights Program."

（2）『墓地への侵入者』からの引用はすべて Vintage International Edition により、ページ番号は本文中にカッコで記す。

（3）Elaine Tyler May は、冷戦期アメリカの家庭についての研究 *Homeward Bound: American Families in the Cold War Era* の中で「ドメスティック・イデオロギー」について、次のように書いている。

アメリカへの真の危険は、人種間の闘争、解放された女性、階級闘争、家族の分断など、内なるものだった。(Kindle 位置 No. 239/7758.)

富の再配分をほのめかすようなものは、どんなものであれ、社会主義への恐怖を呼び覚まし、アメリカ的資本主義への脅威とみなされた。(Kindle 位置 No. 262/7758.)

ドメスティック・イデオロギーは、これらの不安を掻き立てる政治的また性的傾向に対する防波堤として現れた。[中略] 根無し草的なアメリカ人は、彼らが内的腐敗と感じたものに対抗するため苦心していた。家族は彼らを自分たちから守ってくれる心理的な砦となってくれるようだった。(Kindle 位置 No. 318/7758.)

（4）『町』からの引用は Library of America 版により、ページ番号は本文中にカッコで記す。

（5）Christina Klein, *Cold War Orientalism: Asia in the Middlebrow Imagination, 1945-1961*, 28.

（6）フォークナーの全作品を概観した時、読後に一定の希望を感じさせるような作品は、少数派である。中期では『八月の光』のリーナの物語があるものの、ジョー・クリスマスあるいはハイタワーの物語と対比され、全体として楽観的とまでは言えないであろう。他には『征服されざる人々』と『墓地への侵入者』があり、ともに少年主人公の成長が描かれ、その将来に希望を感じさせる。最後の作品である『自動車泥棒』は、やはり少年ルーシャス・プリーストの冒険と成長を描いている。全作品中、最も明るい読後感を与えてくれるものであるが、語りの構造上の仕掛けにより、その「明るさ」を額面通り受け取るべきかどうかは、議論が分かれる。

（7）フォークナーの人種問題への対応については、ジョエル・ウィリアムソン『評伝ウィリアム・フォークナー』が当時のコンテキストを踏まえ、もっとも詳しい。同書三三三―三四八参照。『町』執筆の経緯についても、この箇所に言及がある。

（8）一九五六年八月二二日付のジーン・スタイン宛書簡で、フォークナーは次のように書いている。「ちょうど本［『町』］を書き終えたところだ。胸が張り裂けそうになった。ある場面を書いていて、ほとんど泣いてしまった。ただの愉快な本だと思っていたが、間違っていた。」

ここで言及しているのは、おそらくユーラの自殺の場面だと思われる。フォークナーは一種の逃避として、かねて計画中のスノープス三部作を再開し、少なくとも最初の目論見としては、単に愉快な本（"just a funny book"）のはずだったが、実際に書き進めるうちに、思いもよらず深刻な内容になったということであろう。（*Selected Letters*, 402）

（9）大橋健三郎「日本におけるフォークナー――年譜風に」フォークナー〈鷹匠〉文学余聞（第五回）。

（10）付言すると、このことは日本におけるフォークナー研究の歩みを、手放しで肯定するものではない。本稿で述べたことを別の角度から言えば、日本におけるフォークナーあるいはアメリカ文学の研究は、アメリカの冷戦戦略の申し子としての性格を根本に持っており、その意味で（概して非政治的というまさにその点で）政治的であった。今後の発展のためには、まずこの点を自覚し、自らを歴史的あるいは政治的にとらえる視点が不可欠であろう。逆説は逆説として、チックもいつか親離れをしなければならないのである。

引用文献

ジョエル・ウィリアムソン『評伝ウィリアム・フォークナー』、金澤哲、相田洋明、森有礼監訳（水声社、二〇二〇年）。

大橋健三郎「日本におけるフォークナー――年譜風に」フォークナー〈鷹匠〉文学余聞（第五回）。日本フォークナー協会編『フォークナー』第七号（二〇〇五年四月）、一三二―一四二頁。

Faulkner, William. *Intruder in the Dust*. Vintage International, 1991.

———. *Novels 1957-1962: The Town, The Mansion, The Reivers*. Library of America, 1999.

———. *Selected Letters of William Faulkner*. Ed. Joseph Blotner. Random House, 1977.

Klein, Christina. *Cold War Orientalism: Asia in the Middlebrow Imagination, 1945-1961*. U of California P, 2003.

May, Elaine Tyler. *Homeward Bound: American Families in the Cold War Era*. 4th ed. Basic Books, 2017. Kindle.

Wilson, Edmund. “William Faulkner’s Reply to the Civil Rights Program.” *New Yorker* 24 (23 Oct. 1948.): 106, 109-12.

あとがき

相田　洋明

フォークナー訪日の研究をしようと思ったきっかけは、二〇一四年夏のフォークナー・アンド・ヨクナパトーファ・カンファレンスだった。ミシシッピ州オクスフォードのミシシッピ大学で毎夏開催されるカンファレンスだが、この年は、本論集の執筆者でもある金澤さんが発表することになったので、応援がてら勉強のため私もカンファレンスに出かけた。そして初日の基調講演でイェール大学のワイ・チー・ディモックが『長野でのフォークナー』について語るのを聞いたのだが、その時ディモックは、確か「一九五五年の日本で、こんなにしっかりフォークナーの作品を読んで質問するとは、本当に感心します」という趣旨の発言をした。何やら強い違和感とともに、「ずいぶんとオリエンタリズムだな」と感じて、やはりフォークナーの訪日に関しては日本人研究者が研究するより他あるまいと決意したのだった。もっとも、この時の講演をもとにした論文が *Faulkner and History*（University Press of Mississippi,

2017）に収められているが、そこではオリエンタリズムの匂いは全くせず、さすがディモックで素晴らしい論文に仕上がっている。なので、あの時の私の反応は、英語の聞き取り能力の不足から生まれた被害妄想だったのかもしれない。

その後オクスフォードの広場（スクエア）の酒場でビールを飲みながら、金澤さん、森さん（第五章執筆者）と話をした。『長野でのフォークナー』という本の読み方がわからないというのが最初の話題だった。この書物のなかには、フォークナー文学の理解に欠かせない、『響きと怒り』の生成のプロセスに関する作家自身の詳細な解説があるかと思えば、いっぽうで、「エミリーへの薔薇」の「薔薇」が何を意味しているのかと問う際の、"Q.: Mr. Faulkner, what does the loss symbolize in the story? / F.: Why, it's the loss which, the grief which might come to anyone, and one must have the training to face loss and griefs. /Q.: Mr. Faulkner, I think she means 'rose.'" といった一種滑稽な（しかし他人ごとではない）発音の不備に起因する行き違いも記録されている（これに続くフォークナーの返答、「悲劇を経験した女性に捧げる一輪の薔薇です」は有名である）。

さらに、フォークナーが日本にやってきた一九五五年が日本にとって決定的に重要な年であったことも確認できた。敗戦後ちょうど十年、冷戦の激化に伴いいわゆる五五年体制が確立した年であり、また第一回原水爆禁止世界大会が八月六日（まさに長野セミナーが開かれている時）に開催されている。

その後も議論を続け、二〇一八年度科研費（基盤研究（C））の助成もうけ、フォークナー訪日の研究を三人で本格的に始めた。

二〇一九年の夏には、フォークナーへの寄せ書きの掛軸を所蔵・展示している長野市立長野図書館において「長野を訪れたノーベル賞作家　ウィリアム・フォークナーと長野」というタイトルで講演を行い、同時に、フォークナーの伝記映画（*The Past Is Never Dead: The Story of William Faulkner*）を製作中の映画作家マイケル・モダック・トゥルーラン（Michael Modak-Truran）の掛け軸の撮影や善光寺、野尻湖等でのロケに協力した。

また、この折には五明館扇屋社長の中澤泉さんから、当時の図面を示しながら、フォークナーが宿泊した部屋やセミナーが行われた広間の位置などを教えていただいた。（それらは現在駐車スペースになっている。）当時六歳の中澤さんが玄関前で直に「フォークナーさん」を見たときに印象に残ったのは、「物静かで小柄でありながら、がっしりとした体格」だったそうである。貴重な話を聞かせて下さった中澤さん、その節はありがとうございました。

そして、この頃から論集の出版を具体的に企画しはじめ、執筆者の人選と執筆依頼を進めた。二〇二〇年三月に論集の内容を議論する研究会を企画したのだが、折からの新型コロナウィルス感染拡大に伴い中止にせざるをえなかった。仕切り直しの後、翌二〇二一年三月にZoomでの研究会を開催し各人の執筆内容を確認した。そして今回、すでに十分な実績のあるベテラン、中堅から、これからのフォークナー研究をになってゆくであろう若手までの執筆陣による多彩な論考がそろった。編者として感謝したい。また、松籟社の木村浩之さんは、つねに変わらぬ誠実さで私たちの論集をサポートしてくれた。多謝。

なお、本書の出版にあたっては、二〇二二年度科学研究費助成事業（科学研究費補助金）研究成果公開促進費（学術図書）（課題番号 22HP5049）の交付を受けた。記して深く感謝したい。また、相田・森・金澤の担当部分は、同じく科学研究費助成事業（学術研究助成基金助成金）による基盤研究（C）（一般）「冷戦期におけるウィリアム・フォークナー日本訪問の文化・文学史的意義の研究」（研究代表者　相田洋明、課題番号 18K00421）の成果の一部である。

二〇二二年八月

相田　洋明

ヨンソン、エルサ　Jonsson, Else　55, 64

［ら行］

ラッセル、バートランド　Russell, Bertrand　83, 99
ラッセル＝アインシュタイン宣言　Russell-Einstein Manifesto　100
ルーシー、オーザリン　Lucy, Autherine　212
ルービン、ルイス・D、Jr.　Rubin, Louis D., Jr.　155
冷戦　10-13, 71, 74, 89, 97, 100-108, 110-111, 113-116, 131, 135, 138, 140, 144-148, 150, 154-157, 159-163, 171, 173-179, 182-184, 187-190, 194-196, 198-204, 206, 208-210, 213, 215-216, 220, 222
冷戦コンセンサス　146, 148, 154, 159-160
ローワン・オーク　Rowan Oak　18, 60
ロックフェラー財団　Rockefeller Foundation　146, 153, 163
ロングフェロー、ヘンリー・ワズワース　Longfellow, Henry Wadsworth　58

［わ行］

ワイルド、オスカー　Wilde, Oscar　58

『フォークナーと日本文学』（諏訪部浩一＋日本ウィリアム・フォークナー協会・編）　13
藤田文子　14, 17-18, 24, 70, 122, 127, 140, 149, 174, 189
ブラウン判決　29, 213
ブラジル　10, 19, 66, 172
ブラックマー、R. P.　Blackmur, Richard Palmer　148-151, 154, 161-162
フランクリン、マルカム　Franklin, Malcolm A.　172
ブロツキー・コレクション　Brodsky Collection　43, 63
ブロットナー、ジョゼフ　Blotner, Joseph　62, 65, 127
プロパガンダ　76, 105, 125-126, 128
フロベール、ギュスターヴ　Flaubert, Gustave　58
文化外交　10, 17, 27, 31, 34, 41, 74-81, 115, 121, 123-129, 173, 175, 183
文化療法（カルチュラル・セラピー）　12, 134, 137-139
文化冷戦　11, 97-118
『文藝』（河出書房）　20, 25, 34, 58, 65-66
米国国務省　⇒国務省（アメリカ）を見よ
米国国務省人物交流プログラム　9, 17, 56, 73
米国大使館文化交換局（USIS; the United States Information Service）　9, 12, 19, 27, 40, 42, 69-95, 74-76, 78-79, 81-82, 85-90, 122, 125, 149
『兵士の報酬』（フォークナー）　*Soldiers' Pay*　28-29, 188
ポー、エドガー・アラン　Poe, Edgar Allan　58, 146-147
『墓地への侵入者』（フォークナー）　*Intruder in the Dust*　12, 194, 196-200, 204, 206, 215-216

［ま行］

『町』（フォークナー）　*The Town*　12, 182, 184, 193-217
ミネソタ大学アメリカ文学作家シリーズ（北星堂）　153
民間情報局（CIE; Civil Information and Education Section）　70, 82, 88, 145
『村』（フォークナー）　*The Hamlet*　183, 185, 190, 200, 202
モーリヤック、フランソワ　Mauriac, François　54

［や行］

『館』（フォークナー）　*The Mansion*　12, 171-192
吉野源三郎　43-45

中村真一郎　60, 66
長与善郎　66
「南部史のアイロニー」（C・ヴァン・ウッドワード） "The Irony of Southern History"　156
南部文学　127, 155, 157, 159-160, 163
『南部ルネッサンス』（ルイス・D・ルービンJr、ロバート・D・ジェイコブズ・編） *Southern Renascence: The Literature of the Modern South*　155-156, 159-160, 163
南北戦争　10, 12, 22, 28, 31-32, 51, 84, 108, 116, 122, 127, 129, 155, 171, 189, 198
西川正身　20, 35, 41, 144, 151
日本アメリカ文学会　10, 110, 145, 151-153, 161
『〈日本幻想〉表象と反表象の比較文化論』（野田研一・編著）　14
「日本の印象」（フォークナー） "Impressions of Japan"　21, 26, 81, 121, 123, 139
『日本の印象』（USIS映画） *Impressions of Japan*　9, 12, 23, 42, 69-95, 122-129
「日本の若者たちへ」（フォークナー） "To the Youth of Japan"　10, 23, 26-27, 31, 81, 86-89, 91, 121, 123-129, 133, 137, 139-140, 155, 158, 174
『日本文学の〈戦後〉と変奏される〈アメリカ〉』（金志映）　11
ネイピア、スーザン　Napier, Susan　133-134, 137
ノーベル賞受賞演説　45, 65-66, 176, 179
ノーベル文学賞　10, 25-26, 35, 43, 45, 51, 56, 63, 66, 78, 82, 97, 172, 174, 189

[は行]

「パーティザン・レヴュー」 *Partisan Review*　43, 159
ハウ、ラッセル　Howe, Russell Warren　212-213
ハウランド、ハロルド・E　Howland, Harold E.　40, 55, 89
バルザック、オノレ・ド　Balzac, Honoré de　58, 60
ピーズ、ドナルド・E　Pease, Donald E.　103, 116
東山正芳　97, 99-101, 112-113, 115-116
ピコン、レオン　Picon, Leon　19, 23, 39-40, 62, 88-89, 122, 127, 150
火野葦平　66
『響きと怒り』（フォークナー） *The Sound and the Fury*　21, 27, 197, 220
ピューリッツアー賞　175
封じ込め　163, 195, 202-204, 207, 209
フォークナー、ジル　Faulkner, Jill　212
フォークナーセンター　Center for Faulkner Studies　43

新批評　11, 146, 148-150, 154-155, 163
杉木喬　144, 152-153
杉並アピール　100
杉捷夫　53-54, 64
スタンフォード大学＝東京大学アメリカ研究セミナー　12, 145, 149
ステンゲル、ケーシ　Stengel, Charles Dillon “Casey”　78
ストライバート、セオドア・C　Streibert, Theodore C.　74
『世界』（岩波書店）　43-45, 51-52, 54, 59, 64
セクシュアリティ　200-204, 207-208

［た行］

第一次世界大戦　144, 171, 175, 178, 181, 188
第五福竜丸　44-45, 74-75, 99, 122, 129-130, 143
第二次世界大戦　42, 52, 102, 144, 156, 171-173, 177-178
太平洋戦争　12, 28, 31, 47, 121-123, 127, 129, 132-134, 140
高垣松雄　144-145
高見順　10, 12, 20, 25, 33, 39, 41-55, 57-61, 63-66
竹内理矢　14, 18, 127, 137
龍口直太郎　34-35, 57, 110-113, 115, 144, 151-153, 160-161
ダレス、アレン・ウェルシュ　Dulles, Allen Welsh　74
ダレス、ジョン・フォスター　Dulles, John Foster　74
東京　9-10, 19-20, 23, 29, 40, 74, 78, 80, 90, 121, 127, 131-133, 136, 145, 150, 152
東京大空襲　132
ドライサー、セオドア　Dreiser, Theodore　59, 66, 147, 150
トリリング、ライオネル　Trilling, Lionel　148, 152, 154

［な行］

中島健蔵　53-54, 59, 64
長 野　9-10, 13, 19, 20-22, 24-25, 27-28, 41-42, 56, 64, 81-82, 91, 97, 99, 104, 116, 121-122, 125, 150-151, 193, 195, 213, 215, 220-221
長野市立長野図書館　12, 97-98, 220
長野セミナー　⇒アメリカ文学セミナー　を見よ
『長野でのフォークナー』　*Faulkner at Nagano*　9, 12, 17-39, 82, 122, 219-220
中村順一　20, 82

原水爆禁止世界大会　56, 80, 100, 122, 143, 220
原水爆実験禁止署名運動　129-131
『現代アメリカ文学』（龍口直太郎、吉武好孝・編）　153-155, 160
『現代アメリカ文学全集』（荒地出版社）　152-153
『原典アメリカ史』（岩波書店）　153
国際作家会議　10, 172
国民的憂鬱症（メランコリア）　129-136, 137, 139
国務省（アメリカ）　9-10, 17, 19, 24, 40-41, 55-56, 70, 73, 76, 79, 89, 121, 130, 172-174, 183, 190
『ゴジラ』（本多猪四郎・監督）　12, 121-142
小林良江　129-130

[さ行]

『サートリス』（フォークナー）　*Sartoris*　188
サイデンステッカー、エドワード・G　Seidensticker, Edward G　109-110
斎藤光　144-148, 150, 162
佐伯彰一　35, 91, 150
サカイリキョウコ（サカイリ・サン）　40, 62
佐々木光　90
「サタデイ・イヴニング・ポスト」　*The Saturday Evening Post*　63
佐藤健志　131
ザルツブルク・セミナー　Salzburg Seminar　146
『サンクチュアリ』（フォークナー）　*Sanctuary*　56-58
サンフランシスコ平和条約　13
ジイド、アンドレ　Gide, André　58, 65
ジェスチャー　196, 213
ジェリフ、ロバート・A　Jeliffe, Robert A.　25, 35, 122, 151
シェレンバーガー、ジャック・H　Shellenberger, Jack H.　81
志賀勝　112-113, 145
ジャクソン、C・D　Jackson, C. D.　74
シュウォーツ、ロレンス・H　Schwartz, Lawrence H.　11, 102, 104, 173
シュレシンジャー、アーサー・M、Jr.　Schlesinger, Arthur Meier, Jr.　103-105, 107-108, 114-115
ショウブ、トマス・ヒル　Schaub, Thomas Hill.　113
正力松太郎　75, 79

アラゴン、ルイ　Aragon, Louis　54
アレン、ゲイ　Allen, Gay Wilson　56
アンダーソン、マーク　Anderson, Mark　134-136
アンダソン、シャーウッド　Anderson, Sherwood　58
『行け、モーセ』（フォークナー）　*Go Down, Moses*　197
伊藤整　20, 33, 41
飲酒　10, 19, 56, 62
ウィリアムソン、ジョエル　Williamson, Joel　172, 190, 216
ヴェルコール　Vercors　53-54, 64
ウォレン、ロバート・ペン　Warren, Robert Penn　149, 154-155, 157-158, 160-162
ウッドワード、C・ヴァン　Woodward, C. Vann　156-162
エリオット、T・S　Eliot, Thomas Stearns　59, 66, 147, 149, 154, 163, 190
エレンブルク、イリヤ　Эренбург, Илья Григорьевич　53, 64
『エンカウンター』　*Encounter*　105, 108-111
オイストラフ、ダヴィッド　О́йстрах, Дави́д　90
大岡昇平　10, 20, 26, 33, 41, 66
大橋吉之輔　35, 152-154
大橋健三郎　91, 152-154, 160, 162-163, 178, 214, 216
越智博美　11, 140, 174, 177

［か行］

加島祥造　34, 91, 115
カトラー、ロバート　Cutler, Robert　72
柄谷行人　91
カルチュラル・セラピー　⇒文化療法　を見よ
川端康成　20, 26, 32-33, 41, 109-110
川本三郎　132, 135-136
キース、ハリー　Keith, Harry　81
教育　13, 70, 74, 81, 83, 88, 112, 146, 193, 195-196, 199-200, 209-211, 213
京都　9, 18, 22-24, 75, 121-122, 150, 163
金志映　11
『寓話』（フォークナー）　*A Fable*　12, 171-192, 196
クライン、クリスティーナ　Klein, Christina　140, 209
「ケニヨン・レヴュー」　*Kenyon Review*　43, 148-149

◉ 索 引 ◉

・本文および注で言及した人名、作品名、媒体名、歴史的事項等を配列した。
・作品名には括弧書きで作者名（一部、出版社名や監督名）を添えた。
・ウィリアム・フォークナー（William Faulkner）は本書全体で言及しているため、索引項目には挙げていない。

[数字・アルファベット]

20世紀アメリカ文学研究叢書（評論社）　152-153
CIE　⇒民間情報局　を見よ
CIE図書館　145, 148-149, 162
USIS　⇒米国大使館文化交換局　を見よ
USIS映画　12, 42, 70, 74, 76-79, 81, 88, 90

[あ行]

アイゼンハワー、ドワイト・D　Eisenhower, Dwight David　71-75, 81, 190
アインシュタイン、アルベルト　Einstein, Albert　99-100
赤坂憲雄　130-131, 140
『アブサロム、アブサロム！』（フォークナー）　*Absalom, Absalom!*　189
阿部知二　66
アメリカ国務省　⇒国務省（アメリカ）　を見よ
アメリカ南部　10, 14, 29, 31-32, 102-106, 125, 128, 156, 180-181
『アメリカ文化外交と日本』（藤田文子）　14, 70
アメリカ文学研究　10-12, 32, 55, 101-102, 116, 143-145, 151-153, 155, 161, 163
アメリカ文学セミナー（長野セミナー）　9-10, 12, 19-20, 24, 31, 55-56, 78, 91, 97-101, 103, 106-107, 110, 114-115, 149-150, 193-219, 220
アメリカ文学選集（研究社）　152-153

松原陽子　Yoko MATSUBARA

武庫川女子大学文学部准教授

［主要業績］

（共著）『魅力ある英語英米文学――その多様な豊饒性を探して』（大阪教育図書）

（共著）『ウィリアム・フォークナーと老いの表象』（松籟社）

（論文）「南北戦争の記憶とトラウマ―― 21世紀に読みなおす『アブサロム、アブサロム！』――」『Profectus』23号

金澤哲　Satoshi KANAZAWA

京都女子大学文学部教授

［主要業績］

（編著）『ウィリアム・フォークナーと老いの表象』（松籟社）

（単著）『フォークナーの『寓話』――無名兵士の遺したもの』（あぽろん社）

（共著）『フォークナーと日本文学』（松柏社）

山根亮一　Ryochi YAMANE

東京工業大学リベラルアーツ研究教育院准教授

［主要業績］

（共著）『空とアメリカ文学』（彩流社）

（論文）「対立という繋がり――ライオネル・トリリングと冷戦初期プリントカルチャー」『アメリカ文学：日本アメリカ文学会東京支部会報』第 82 号

（論文）"'Why Do They Live at All': On the Southern Pneumatology in *Absalom, Absalom!*" *Studies in English LIterature*, No 58

森有礼　Arinori MORI

中京大学国際学部教授

［主要業績］

（共編著）『物語るちから――新しいアメリカの古典を読む――』（松籟社）

（共編著）『路と異界の英語圏文学』（大阪教育図書）

（共著）『ウィリアム・フォークナーと老いの表象』（松籟社）

越智博美　Hiromi OCHI

専修大学国際コミュニケーション学部教授

［主要業績］

（単著）『モダニズムの南部的瞬間――アメリカ南部詩人と冷戦』（研究社）

（共編著）『脱領域・脱構築・脱半球――二一世紀人文学のために』（小鳥遊書房）

（共著）*Asian English: Histories, Texts, Institutions* (Palgrave Macmillan)

◉編著者紹介◉

相田洋明　Hiroaki SODA

大阪公立大学大学院現代システム科学研究科教授

［主要業績］

（単著）『フォークナー、エステル、人種』（松籟社）

（共著）『ウィリアム・フォークナーと老いの表象』（松籟社）

（監訳）『評伝ウィリアム・フォークナー』（水声社）

◉著者紹介◉（掲載順）

梅垣昌子　Masako UMEGAKI

名古屋外国語大学外国語学部教授

［主要業績］

（共著）『ウィリアム・フォークナーと老いの表象』（松籟社）

（論文）「アポクリファルな荒野の「インディアン物語」――フォークナーのドラマティックアイロニー」『Artes MUNDI』VOL.6

（共訳）『評伝ウィリアム・フォークナー』（水声社）

山本裕子　Yuko YAMAMOTO

千葉大学大学院人文科学研究院准教授

［主要業績］

（共著）*Faulkner's Families* (University Press of Mississippi, forthcoming)

（共著）*Faulkner and Hemingway* (Southeast Missouri State University Press)

（論文）"When Faulkner Was in *Vogue*: The American Women's Magazine Fashioning a Modernist Icon" *Journal of Modern Periodical Studies,* Vol.11, No.1

ウィリアム・フォークナーの日本訪問
——冷戦と文学のポリティクス

2022年11月15日　初版第1刷発行　　　定価はカバーに表示しています

編著者　相田洋明
著　者　梅垣昌子・山本裕子・山根亮一・森有礼・
越智博美・松原陽子・金澤哲

発行者　相坂　一

発行所　松籟社（しょうらいしゃ）
〒612-0801　京都市伏見区深草正覚町1-34
電話　075-531-2878　振替　01040-3-13030
url　http://www.shoraisha.com/

印刷・製本　モリモト印刷株式会社
装幀　西田優子

Printed in Japan

 ISBN978-4-87984-430-9　C0098